我香港 我街道

2

全球華人作家齊寫香港

Writing Hong Kong

香港文學館——主編

目次

輯一　我的城裡有你的街

輯二　那裡的香港人

輯三　**我城漫遊**

推薦序

一片冰心在玉壺

陳慧（作家）

我在二〇一八年八月應聘來到國立臺北藝術大學，住在人稱妖山上的校內會館。獨來獨往著。二〇一九年七月二十一日，看著手機上「立場新聞」在元朗西鐵站的直播畫面，坐立難安，下樓抽菸。暑假期間妖山寂靜無人，建築物前階梯扶手上有石雕，是爪鎮髑髏臉相凜然的神獸，我看著心愴難止，魍魎易收，忘卻正直與道義的人該如何對付？翌年搬到南京東路，七樓推窗外望，覺得像極小時候所住彌敦道上的風景。灰塵極大，從早到晚，車來車往隆隆聲不絕。一年之後，搬到同區的林森北路小巷，人稱「六條通」的地方，更早的時候，叫「大正町」。膝蓋受傷，廖偉棠、曹疏影來探望我，疏影站在小陽台伸頭看街上，說，好似灣仔……我沒離開過。

然後到了今年，疫情反覆，港版國安法如狼似虎。編輯瓊如在二月二十三日將《我香港，我街道》續集的稿件傳給我，那是週二，下課後流連咖啡室匆匆看了目錄，心想真好，接下來的二二八連假會過得飽足，因為有這些文稿餵養。

然後到了星期天，二二八，之前因參與民主派初選遭到大圍捕的四十七人，被要求提前往警署報到，隨即以「串謀顛覆國家政權罪」起訴，翌日提堂，扣押聆訊歷時五日四夜，大部分人不獲保釋……

斷續看著新聞，斷續看著這些書寫香港的文稿；忽然覺得篇章如藥，鎮靜心神，又似旌幡與祕帖，招魂——

房慧真記小時候隨家人出遊的香港，啊，不復見的龍門大酒樓，台北太原路竟與灣仔太原街神形相疊，從此我走過台北後車站，會想起灣仔太原街。洪昊賢的蛇羹回憶，記的是觀塘裕民坊，像鄉野傳說，要書寫的卻是未來未完成式，「要蛻不蛻的死皮，始終緊緊地包裹著光鮮而濕潤的鱗片。」對於在澳門長大的袁紹珊來說，香港則是一水之隔不斷變化的迷宮，「如有一個地方，去了無數次都好像首次踏足，猶如不斷變化的迷宮，那就是香港。」李智良白描廟街、新填地、渡船角，交錯馬六甲與沙勞旺的異地見聞，竟似繁複的夢，幻變生成人世，壓縮如長卷的詩。黃裕邦散篇斷句記下日常，深刻如無聲跳躍的燄，他說，「街道就是回憶摺疊出來的現在」。變化是香港的天命，景物人事都定格在回憶中；從此，回憶是香港人的專長。

「世上存在著無數這樣的小街……」胡晴舫如是說，「總有街貓」。那麼邊緣，毫不重要，以致只以「第三」命名，曼哈頓也有一條第三街，胡都住過，胡見證了第三街的「縉紳化」，但她記得她當初的模樣。她記得，而且寫下來了，從此深埋於心靈土壤中。原來駱以軍曾經在大角咀住過三個月，經歷了港式春天，幾乎以為自己是培養液裡的草履蟲，行走在老區，觸目都是老人，他說，「連打著赤膊扛鋼條的也是老人」。從未見人寫香港老區如此傳神。他在香港沒找到與台北對應的街道名字，但發現香港有那麼多街道的名字取自樹木，還有浣紗、琉璃、漁歌、銀影的詩意。他看到了。看著言叔夏迷失在香港的大廈名字與各式招牌中，我會心微笑。「而香港其實是座後巴別塔之城罷。」她真的看得懂香港的樓群。她在四座皆是普通話而廣東話愈趨愈弱的燒臘店中，執著於說台灣國語。是的，魚蛋粉要怎麼翻譯他自己？我要對言叔夏說一聲「謝謝」。楊佳嫻寫道，「一切的意義或許都算事後」；西洋菜街，樓上書店，最難吃的叉燒飯，崢嶸與悲傷都在其中。佳嫻都懂。黃麗群住在蘇杭街上的酒店，想起家族故友大林，「她在天母的家中總是長年儲藏了一條來自上環的迪化街」。一句話網盡此地他鄉。打算下一次來還是要住在同一間酒店，三個月後反送中運動爆發，十八個月後港版國安法通過，二十四個月後，大疫到來。黃麗群記下。

都是香港的知心。

甄拔濤人在倫敦，看著街名「Great Portlands Street」，港人程式開啟，直接譯成「偉大的砵蘭街」。他人在Waterloo，心繫的是油麻地地鐵站，於是，特拉法加廣場上聲援香港傘運，是如此理所當然。咫尺天涯，兄弟爬山；無論身處何方，同心。廖偉棠在高地最僻靜一隅的台灣林口，想起香港最熱鬧的旺角，想起西洋菜南街最熱鬧的青春。還有北京道，見證了他的搖滾歲月，詩人的頹喪與憤怒，一九九七。多年之後，卻是遍地黃金自由行。騷夏記慧沁，「梅窩鄉事會路兩邊都是野薑花田，後來水利工程剷平了」，那是我仍未認識的慧沁，認識她是決定來台之前，同時她也正準備移居台灣。然後，在台灣，嘉義阿里山，在她拿到台灣身分證，為自己安排的小旅行路上，她再一次聞到野薑花的香氣。慧沁有煲湯方程式：第一蛋白質、第二海鮮、第三植物、第四甜一點的植物、第五藥材，五大訴求缺一不可。沒想到我來台之後才有機會喝到慧沁煲的老火湯。騷夏說，離開以後，她也不曾離開。我們都沒離開。這一切猶如香港切片，是壓縮顯影著香港人感情的標本。

然後我看到袁嘉蔚寫新樂街，記她對逝去嫲嫲的愛。閱讀至此，仍未知袁嘉蔚能否被保釋……亂世兒女。

忽然想起王昌齡的〈芙蓉樓送辛漸〉，「洛陽親友如相問，一片冰心在玉壺。」說的不是你我，是被我們愛著的香港。我由是相信，你會好起來的。

編者序

他地在地

鄧小樺（作家，香港文學館總策展人）

「燈花自照還家夢，道路誰憐去國人；
浩蕩江湖容白髮，蹉跎舟楫待青春。」

——文徵明

香港文學館主編、木馬文化出版的《我香港，我街道》二〇二〇年初出版的第一集得到亮麗回響，現在要推出續篇，實離虛合，喜悅相遇，感慨萬千，我們畢竟交匯。

本文題目借自學者兼作家羅貴祥的一本評論集名字，「他地在地」，我們被時代賦予一種弔詭的位置，離散的狀態勾出我們的離散本質，到最後撞擊的是「何謂我／我們」的根源問題。外地人的香港書寫，離開了香港、剛剛離開或即將離開的，與根本沒想過要離開的香港人的香港書寫，其間的差異性如何在一種足夠廣闊的視野中被並置、透過差異與共同，讓其對話，滋生更多的可能性、創造力與連結點？本書，是一個在以上各種層面，尋找德勒茲意義上的「皺褶」之嘗試。

離散的本質、離散的現時

本書的文章內容，依然來自香港文學館由二〇一六年至二〇一九年的「我街道，我知道，我書寫」計畫（下稱「我街道」計畫）；作為一本關於香港城市的書，本書繼續發掘這個城市的多樣性，埋在熟悉之下的陌生，或隱或現的紐結；而它與第一集的差別在於，為「香港本土」引入了更多的海外維度，在更多的對照與差異之中，想像連結與共同，面對我們離散的本質。

以上的策畫角度本來純粹生於一種擴展視野的自然衝動，覺得香港的本土不能只限於本地人來說，本土的其他維度乃待發掘，希冀以他者視角補全「本土」之觀念。眾所周知香港是一個難民社會，一戰及二戰帶來香港人口的兩次大飛升；素來「本土意識」是與「過客心態」對照而生，而同時不能抹去殖民地統治歷史對本土意識的中介。而八十年代中英聯合聲明簽署以來，香港的政治不穩定、變化臨近時常引發連串移民潮，致令海外一直存在港僑群體；此亦香港人群體中無根漂泊的精神傳統。

西西寫於八十年代移民潮前後的短篇小說〈浮城誌異〉，借馬格列特〈治療師〉一畫，寫及浮城人因為生活於一座懸浮半空的城畢竟欠缺安全感，而時常希望生出翅膀外飛，尋找新巢。而當一個浮城人到大使館申請移民護照，大使問他選擇移居到哪裡，浮城人表示「無所謂」。大使便給他一個地球儀，讓他選擇地點；浮城人轉動地球儀看了又看，反問大使：「可以有另外一個嗎？」浮城人不以浮城為根，但世上亦似乎並不存在另一個他們所認同的地方，漂泊將是他們永遠的精神狀態，就如樹立在香港尖沙咀文化中心外，法國雕塑家凱撒的雕像作品〈翱翔的法國人〉（傳說又名〈自由戰士〉）的意旨一樣。

由《我香港，我街道》的第一集到第二集成書，我們經歷了歷史罕見的全球大疫之年。本書意在成就精神上的旅行移置，卻成於人們不能移動、跨境遇限的一年。邊界的畫定變得異常清晰、確鑿、難以跨越或模糊化。同時，香港再度湧現移民潮，可比擬為地震前大量逃離的動物群，單是一年內移居台灣的人口就有數萬，媒體上出現不少報導，飯桌上常聽到移民話題，學校課室中總有幾個消失的同學。這是離散的現時：海外港僑的故事，也許正在大幅萃長。

「我香港」的多重維度

於二〇一八年，「我街道」計畫推出了一個新欄目，名為「街偶天成」，意念是邀請曾經或當時居於外地的十位作家，考察與香港一條實存街道同名的外國街道，以歷史考察加上個人經驗，進行比對式書寫。我們想像這是作者一次紙上的地圖比照，公共外在與個人歷史於焉浮現，乃有情感與地理的相互重疊。而讀者則應是透過作者，進行一次主觀鏡頭的紙上旅行，知道了作者個人的眼光與視野，知曉香港與外界的無形聯繫。這就是本書第一輯「我的城裡有你的街」，其中房慧真、駱以軍、袁紹珊、黃愛華當時都非在香港，其餘作者廖偉棠、游靜、甄拔濤、楊彩杰、盧燕珊、李智良都有相當長的旅居外地經驗，鄒頌華更是《Lonely Planet》香港的撰稿者之一，他們的寫作都有非常個人的考察角度，揭出了香港和他地的另一面。我們也在這裡，發現香港作者真的很多都（曾）居於外地；而且香港街道命名的殖民地色彩濃厚，與外國大街名字符應較多，比中國大陸和台灣的為多——就像描圖紙一對上，相合與相違是無從遮掩，你就是他者，你原是「另類」，你不得不是更多你所不知道的陌生人。與他地的對照，帶動牽引自我的認識，也包含對本土與自我的批判。情感的發現與批判，在書寫地方時自帶游離。

第二輯「那裡的香港人」，是二〇一九年「街偶天成」欄目的作品，編選條件更為簡單：邀請當時已不住在香港的作家，以己居之異地為出發點，寫及香港一條實存街道上的一個人。好像遙遙地，投遞一封穿越時空、收信者不明的信件。作者均非住在香港，楊佳嫻、廖偉棠及寂然不約而同寫到香港的書店，彷彿香港的書店史拼圖碎片掉落此處，有好些事我們都不知道呢。而黃麗群寫到香港的海味，洪昊賢寫了蛇王，在文藝之外補一筆肉食性的港味。《大拇指》作家群之一的惟得，移民外國多年後回來皇后大道這樣重要的街道尋根，沐羽寫自家所居的亞公角街之不見經傳，見出不同年代的迥異精神面貌，而都以「不得要領」見出自我與地方的相同曲折。這個選題本意是為了簡便而降低門檻，卻剛好遇上了十分複雜、湧動、悲喜波瀾壯闊的二〇一九年，言叔夏文章恰恰映照出那個時候她穿過香港街道的姿影，楊天帥的文章最具香港地道趣味（且是十分地緣政治），希望台灣讀者也能領略政治時刻中港人的苦中作樂。而騷夏寫及一位離開香港移民台灣的朋友，亦正好補足了這個特殊歷史時刻中，香港人的處境，及與他地如台灣的緊密聯繫。

第三輯「我城漫遊」中收錄「我街道」計畫三年來的自由投稿，當時投稿之熱烈曾令我們十分欣喜，除了本身為作家與文藝青年的投稿常客外，亦有資深舞蹈家、政治人物、社區工作者與素人學生等等，不吝踐行了我們希望以街道來組成一個「寫作的共同體」之理念——對香港本土自然而然的愛，以及對於書寫／抒情／記錄的熱情，是其中的關鍵。所謂漫遊，不過閒逛，茫茫無目的。本章作品更能呈現香港平素的生活，無財無勢的庶民視角，游離而多樣，樸素之情真。由於本書前章所收體裁以散文占多，附以少量小說，考慮到呈現上的統一性，因此未及收錄「我街道」計畫中大量的詩歌，希望將來還有機會讓它們成書。值得一說的是，其中部分作者，於今也都離開了香港，不少正於台灣求學及生活，忐忑於香港的安危，不捨於香港的情誼。而曾為區議員的袁嘉蔚，目前正身陷囹圄，失去自由。

離散共同體

回到香港（文學）的考掘，一種在其他地方發生的香港文學本土性，亦應被寫入香港文學史。也許也有其他有心人感覺到，是時候做這種工作了。

由於希望有別於抱持過客心態的「南來文人」、「北望神州」之懷鄉心態，著重香港本土性的作者，常希望趨避於刻板的懷鄉主題，寧可選擇漫遊、游離的姿態，像徐克早期電影《倩女幽魂》的結尾，「去那邊看看」，永遠在路上。漂泊者，回首有時並無故土可歸。再回到文首說的西西〈浮城誌異〉故事，其實香港人讀來會莞爾，據說我們群中時常存在這樣一種人：上餐館時你問他吃什麼總說無所謂，但再問到具體菜色時總是這個不好那個又不行，結果整本餐牌都看不上眼。小說寫的就是這種人，但同時觸及了「移民」的核心：移民或者是選擇，不得已的選擇，主體被衝擊搖晃動土編修，香港人最希望有選擇，而又時常覺得沒有選擇——因為如果有選擇的話，他們會永遠選擇「另一個」。因為，與「欲望」同構的，永遠追尋不到的那一個，或者，才可稱為，理想。理想，或者理想的故土，並不固於實地實存，而是牽於我們的精神追尋。一旦我們放棄或者腐敗，一切就真正陷落，等於不存在。我們的離散共同體，需要精神的高度作維繫。

本書之成就，須再次感謝各位作者的努力與信任，何鴻毅家族基金的寬容支持，歷年參與「我街道」計畫及本書製作的香港文學館同事，木馬文化蕙慧姊、瓊如等各位的工作，感謝台灣，感謝自由的空氣。節同時異，初衷不改，此處同樣以第一集的最後一句作結：願榮光歸香港。

輯一

我的城裡有你的街

台灣、香港、澳門、新加坡……
故鄉總是有那麼一條街常駐心頭。

一頭虎斑貓藏身熱帶水果叢

房慧真

從九龍出發，乘渡輪過海，新買的皮鞋踩上甲板，在搖晃的船身上蹦跳，有種儀式感，靠岸後換搭雙層窄身叮叮車，在高樓峽谷間如輕舟划行，最後抵達西環。櫥窗裡擺滿風乾鯊魚翅，一一展開如透明扇形水晶，母親來這裡買一種白鳳丸，再帶上幾包椰子糖、棗泥核桃糕，移山倒海法術開始，母親爽利地剝下紅紅綠綠的玻璃糖紙，但糖紙不能給我，而是要拿來掩護藥丸過海關。剝除糖衣的糖果則統統歸我，吃完會鬧牙疼，然而再沒有像這樣感覺富足的一件差事。

這是我學齡前僅存不多的香港記憶，家庭主婦的母親為了補貼家計，來香港「跑單幫」帶貨回台灣賣，順帶拎上我。南北貨店鋪裡的鹹腥海味，能瞬間誘發我牙齦間的口水分泌，為了那偷天換日得來的糖果。

也有全家一齊出動的記憶，父親在航空公司做事，在淡季一家四口候補免費機票並非難事。父親是印尼華僑，有個同父異母的妹妹在香港，姑姑和父親一樣，都想逃離印尼，父親憑藉求學來台灣，姑姑倚仗婚姻去香港。個子矮的姑丈開巴士，早出晚歸，和華僑妻子勉力成家，生了三個好動的男孩，擠在窄仄的公屋*裡。父親打消了在姑姑家打地鋪的念頭，轉而投宿旺角一帶的廉價旅館。那些旅館藏在黑深破陋的舊唐樓中，住客大多是南亞人，瀰漫著濃郁的印度檀香，旅館的浴室共用，常看見包著錫克頭巾的印度人赤裸上身挺著大肚子。樓下的水果攤檔有隻虎斑貓，窩在山竹蛇皮果這些南洋水果裡，總能藏得很好。

＊編註：由政府興建的公共房屋，以低廉租金供低收入人士居住。

我後來才慢慢覺得，不為探親，不為帶貨，為什麼反覆地造訪香港，因為這是父親南洋的接點。

印象深刻的還有旺角旅店附近的那些街名：黑布街、白布街、洗衣街、染布房街……在我城，街名從來不曾是「動詞」，只有動詞才能提供生動想像，我城的街名依東西南北大量複製中國地名，我住在台北南區的晉江街，附近有南昌、南海、金門、廈門、同安、泉州街，都是中國南方地名。沒有歷史感的記名，儲存不了先住民的記憶，如同《神隱少女》裡被封存在水泥地底的河川，我城真正的身世不見天日，日久便被遺忘。

關於洗衣街，董啟章《地圖集：一個想像的城市考古學》說：「位於旺角區的洗衣街，在芒角村未開發之前是一條小溪，水源來自北部筆架山，溪水用以灌溉附近一帶的花圃和菜田。一九二〇年代芒角村水田平整，發展為住宅區，居民多在此溪畔洗濯和晾曬衣服。洗衣漸漸地成為一個專門行業，不少當地婦女也靠此維生。」

《地圖集》還提到同在旺角的通菜街與西洋菜街，同屬早年芒角村的水田地帶，通菜不耐寒，是夏天蔬菜，西洋菜則相反，此地農民夏天種通菜，到了秋天改種西洋菜。兩條街一開始其實是同一條街，由於長年輪流耕作，居民在春夏把這條街稱為通菜街，到了秋冬則成了西洋菜街。如果在夏天寄信，地址填上西洋菜街，信件便要在冬天才能寄達。美麗的錯誤所形成的通訊時差，在古早農業時代，居民樂天知命，並不抱怨。

二〇〇七年夏天，暌違多年後重返香港，進入千禧年後的新時代，部落格、推特、噗浪、臉書交織出無親緣的人際網絡，不須再牽著母親的衣角，我有了比親人還親的香港朋友。N來離島機場接我，帶我乘機場快線轉地鐵，灣仔站出。從地底鑽出，第一眼接觸到的是莊士敦道上的龍門大酒樓，紅綠燈叮——鈴鈴鈴，如奪命連環call般地急響催促著我，時間再不等人。利東喜帖街上只剩零餘的燈火，大部分的窗櫺，都被打了大叉叉。街角處有咖哩魚蛋的氣味，在我隔年重訪後，改賣台灣珍珠奶茶。可一路通往灣仔碼頭的天橋下，有浪人牽著大狗，炎夏到7-11門口偷點冷氣，N後來告訴我，浪人被驅趕，所養的幾條大狗被強制抓走，我聽了心中一緊。

穿過太原街就是N的家，日後我來到香港，每每借住的地方。搭電梯上高樓，第一眼撞見的窗景，是圓塔形狀的合和中心，是逼近的綠色山壁。將密閉窗關上，就可以將樓下攤檔的叫賣聲阻絕在外，那些我剛才拖著笨重的行李，挨擠穿過的金魚、花木、玩具、童裝、睡衣、褻衣、陽傘、帽子、襪帕、青草藥膏、木頭刻印……像小木屋一樣的綠色攤檔，白天枝椏伸出，絲襪圍巾披掛一身，四面招展，晚上將貨物吞吐入肚，街道回復清寂，高樓裡的看更正瞌睡著，白日的熙攘彷彿只存在夢中。

我來香港總在夏天，太原街的那家蛇王趙也總在夏天歇市，如同夏天寄信到西洋菜街，始終查無此人的缺憾。弄蛇人隻手抓蛇的圖片還高懸著，層疊的蛇籠暫無住客，夏天的蛇店另租給人賣童裝，小女孩的粉紅蕾絲裙襯著空蕩的蛇籠，有種說不出的詭異感。

台北也有一條太原路，在後火車站一帶。五星級飯店、百貨公司林立的前站繁華富庶，後站則是五金塑膠化學原料的批發集散地，店鋪裡塞滿不知做何用途，卻支撐日常運轉的大小零件，店裡的燈泡總不足光，黯淡灰濛卻接了地氣。

住在雲林、高雄的中南部人北上打拚，自然不會往前站去，而是從後站出，巷閭弄亮著紅燈的廉價小旅社成了異鄉人的指引，放下包袱後，街邊那些賣蚵仔煎、魷魚羹、滷肉飯、炸雞捲的食攤，也是同樣從鄉村先來一步的老鄉，用家鄉食物暖好胃，才能長出力氣，到大橋頭下的苦力市場，被建築工地的工頭挑了去。

灣仔的太原街、交加街、石水渠街所交織出的傳統市集，東有金鐘、中環，西有銅鑼灣的時代廣場，高度資本主義具體顯現的大商場中，不知今夕是何夕，彷彿洞天府地葫蘆仙境，再無晴雨日月人事更替。灣仔的攤檔小鋪夾在兩高峰間，凹陷成低得不能再低的谷底。在谷底，臘味鹹魚掛天邊，魚蝦血水溢腳下，製麵店揚起粉塵，快刀削下的菠蘿皮淌出蜜汁，甫出爐的蝴蝶酥餅塗上糖霜，沒有用塑膠袋包著，金黃色澤的翅膀閃閃發亮。

小店小鋪的營生，不必隔著塑膠膜感知的生鮮活跳，讓街道有了脈搏。粉麵廠夜半大米磨成漿，輾磨蒸切至天明，沙河粉、全蛋麵、波菜麵、蝦籽麵，營造法式，天工開物，具體而微的灣仔市井小世界。

前鋪後居的小店鋪營生，同樣在台北的太原路流轉不已，同賣金銀飾品的一兩家，過去是同賣化工儀器的三四家、再過去是同賣五金材料的五六家……門前車馬稀，一旦上門的都是以斤起算的批發商熟客，將貨物就近裝載上火車，開枝散葉到全台灣各鄉鎮去。

小店鋪做生意總帶點人情，熟客去零頭，街坊塞把蔥，對「差異」的容忍度也寬廣些。中南部移民有了二代三代，逐漸落腳台北，後車站成了另一候鳥族群，從菲律賓、泰國、印尼前來的外籍移工的新去處，在原本的五金行、化學行以及金銀飾品店中間，偶爾也點綴幾間南洋雜貨店、飄著咖哩薑黃香味的小食鋪。

走一趟台北後車站，彷彿又回到童年時，父母拎著我前去的香港，在那並不光鮮亮麗，行道樹不被修剪得那麼厲害的前現代世界，人人身上的差異如枝椏舒展，互不碰撞，各安其位，如同一顆鹽粒融入海洋、一片落葉回歸樹海，一頭虎斑貓藏身熱帶水果叢，是那麼自然而然。

第三街的第三人

胡晴舫

世上，存在著無數條這樣的小街。這條小街，通常毫不起眼，也不怎麼長，坐落幾間缺乏特色的樓房，看起來不新穎但也不夠歷史，像大型紙箱子放在路邊。街面開了一些樸實的小店，賣些長相不算出色的水果、亮度不夠的家用燈泡、滋味普通的熱食，一般人不會路過，因為沒有表演場所、沒有購物商場、沒有辦公大樓，天天只是一些熟悉的街坊鄰居出入，白天匆忙出去上班辦事，入夜之後拖著疲憊身軀回家看電視睡覺，隨手在水果店挑幾顆灰撲撲的柑橘，從熱食店打包已經冷掉的食物走。

大部分小鋪都是家族經營，老闆全家大小就在店裡看電視，店面通常開到他們準備上床睡覺為止。這條街是他們的王國，他們既是這條街的主人、也是守衛，他們看護這條街。當他們拉下鐵門，關掉最後一盞燈，走上他們樓上的床鋪時，整條街就會陷入一片寧靜的黑暗，那時，這條街好像置入了另一個平行宇宙，景色不變，空氣卻已不同。黑夜其實是美麗的深藍色，周圍景物於是彷彿沉入廣袤大海裡，無聲，一切慢動作，夢遊似的，事物失去了堅實感。

偶爾，街貓輕輕越過屋頂。沒有街燈的這條小街，所有人在樓上安心地沉睡著，包括你。因為，這是你的街，你的家。你在這座城市每天出發的起點，每天抵達的終點。

如此一條街，世上數不清，就像熱帶岩礁，似乎看起來全都一模一樣，毫無特色，叫不出名字，因為叫什麼名字都一樣容易遺忘，卻各自養了一大群生物，魚、蝦、烏龜、海星、藻類、水母……他們依賴這片岩礁生存，即便這片岩礁未見得提供豐富的生活資源，有時甚至有點貧瘠，但，卻足以讓他們安適立足。生活是一種安心的慣性。

當都市統治階級喜歡將城市當作自己的後院一樣替每條街道取名字，皇后大道、拉法葉大道、中正路，這條無名小街（卻是你的世界的全部）因為實在太微不足道，位置不在明亮熱鬧的市中心，居民沒有什麼顯赫的名望還是富貴的身家，他們根本沒花什麼氣力，只叫第一街、東街、還是後街。

每當我聽見這樣的街名「第二街」、「西街」、「第三大道」，我都會好奇這個次序是從何開始算起。既然叫「東邊街」、「西邊街」，那麼，一定表示這是某個「中心」的東邊和西邊，也暗示了這條街的邊緣性。它不是中心，它只是中心右邊數過來的第十四條街。既然是「高街」，那麼一定相對於某處，這條街屬於高處。我也喜歡這種命名的隨意，整座曼哈頓幾乎全是數字，第一大道、第二大道、西四街、東十四街，四十二街、五十四街，沒有偉人的陰影、不扛歷史的包袱。只是一條街，像我們的身分證號碼，有點機械性的冷酷，卻也有去人情的平等。

在曼哈頓，有一條「第三街」，在香港也有一條「第三街」。我住在這兩座城市時，「第三街」都是熟悉的。我這個永恆的第三人住在第三街附近，只能說恰得其所。當我各自住在這兩條「第三街」附近的時期，他們皆屬於老舊的街區，居民就像魚群忙碌生活著，很有活力，充滿生命的密度。城市的中心，所謂的「世界」在街坊之外，這裡只是我以及我的生活。「第三街」既屬於這座城市的一部分，又自成一個世界，每一個住在第三街的居民寄身於這座城市，但，我們不擁有這座城市。雖然我們每天在城市的街道上廝殺，回到第三街時，我們就像從城市戰場上撤退的傷兵，在這條小街上安靜舔著傷口，隔日再戰。

大部分的城市人可能皆是住在「第三街」的「第三人」。既是這座城市的一分子，又常常置身事外，之所以時常擁有這種內部局外人的心情。

但我們畢竟每天都棲身在這座城市。就在第三街，每晚沉浸在那股甜美的藍色憂鬱裡，打鼾入眠。在人生的某個時刻，我們必須在每項公家機關、銀行、稅務局、手機店、健身房、連鎖超市會員卡上面填寫第三街的地址，註冊自己在這座城市的居民資格。直到地址失效的那一天。我們從這座城市消失的時候。

當我回到第三街時，連那些小店也消失了。城市空間有限，人口與資金不斷湧入，那些原本無人聞問但卻是許多人生活的全部的舊城區一夜之間成了炙手可熱的新興社區。人們談論第三街的口氣，彷彿那是角逐奧斯卡的熱門大片、最新一季的浪漫男裝打扮、最新一代的蘋果手機，彷彿那條街以前並不存在於這座城市裡，最近才被收納進來的城市土地，或，應該說那條街本來深埋在城市的下層土壤裡，最近才被剛剛挖掘出土，古代遺物當作新發現被擺在市場上的櫥窗裡，供人們玩賞評論。

外來客多了，地段漲了，他們帶來咖啡館、畫廊、法國餐廳、蘋果電腦、時裝店。那些家族小店的經營者、第三街的主人發現，與其自己辛苦從早上九點開店到晚上十點只賣出幾根胡蘿蔔，不如租給一間酒吧的收入的十分之一。他們帶著他們的新收入和他們的孩子去別的地方重新開始另一套生活。

第三街不再是無關緊要的第三街，而是那條「第三街」，大家都要去的第三街。他們叫這個轉變為城市的「縉紳化」，升級了，漂亮了，有趣了。誰說街道不能脫胎換骨。

我將不認識我的街道。而我應該為此感到悲傷嗎？我從來不曾真正擁有它。我只感激它曾收留過我，讓我在這座城市裡有處落腳。而過往的第三街，就像那段永久遺落的夏日戀情，不存在城市的土地，只能深埋於心靈的土壤裡。

天神與天后

袁紹珊

迄今為止，我人生中有六年時間，幾乎每天必經天神巷；天后廟道，我卻只逗留過一個晚上。前者位於澳門的中區，我在那裡上學；後者在香港，我去喝酒和見一個人。

天神

天神巷呈L字形，北端緊接俗稱白馬巷的伯多祿局長街，南端和水坑尾街相連，雖名為巷，但實際上一直是澳門的交通要道。一八三九年，林則徐巡視時為鴉片集散地的澳門，僅逗留三小時，其中一站就是這條街巷。一八六九年，澳葡政府在《澳門憲報》正式把這條長一百六十米、寬四米的街稱為Travessa dos Anjos（意為「天使們的巷子」），中文譯為「天神巷」。

澳門盛行天主教，曾被葡萄牙國王約翰四世頒賜「天主聖名之城」的名銜，天神巷是澳門街名中少見的與上帝直接掛勾。愈近天神即愈近天國，這條街名深得華葡人士喜愛，華人富商紛紛在此選址興建美輪美奐的豪宅。天神巷三十七號正是宋家大屋舊址，魯迅夫人許廣平生母宋氏便出生於此。一九一二年，年約十四歲的許廣平，隨母親與兄長一同避居澳門，入住天神巷的宋家大屋，並在澳門完成學業。一九一五年十一月，孫中山的文膽朱執信到澳門，也是暫居於宋家大屋，積極擴展中華革命黨。雖然宋家大屋已被拆建為現代樓房「保嘉苑」，可幸正立面、趟櫳門得以保留。曹家大屋則被拆卸重建成信達城商場。

這些華商大屋曾被用作學校校舍，天神巷也因此成為一條「學校街」。抗日戰爭期間，富商王祿、王棣家族的部分房屋租給濠江中學辦學，廣州執信學校小學部也曾遷到天神巷二十四號；一九八一年，聖若瑟教區中學在天神巷四十三號建立第二、三校。

我在一九九一年入讀聖若瑟小學部，因此在天神巷消磨許多光陰。父母都是新移民，為三餐掙扎求存，根本沒錢沒時間安排接送，我和哥哥從小就是街童和外食一族，每人一天十元的午飯茶錢和巴士費。天神巷除了是「學校街」，也是有名的遊戲機中心一條街，我經常慫恿兄長一起不吃午飯，或我上巴士時蹲身逃避車資，把省下的錢都拿去位於巷子口的陰森破落的國華戲院，或巷子石級旁的「歡樂天地」。有時候玩得樂極忘形，天黑了都還在「機鋪」[1]殺紅了眼，父親時常要到遊戲中心把我們押解回家。

天神巷過去由於洋人經常駐停行移，絡繹不絕，因此也有「鬼仔巷」之稱，然而天神巷並沒有讓我更靠近仁慈的上帝，也沒有收買靈魂的魔鬼，卻讓我看見生之艱難與幽微——周末回校苦學中國舞，但因為頭髮太短沒有被選去表演；把零用錢都花在士多[2]和麻將店的貼紙抽獎，卻總是空手而回；放學時間的天神巷，擠滿了手拿魚蛋串、烤魷魚、雞蛋仔、香蕉糕、可樂或鮮榨果汁大口吃喝的小胖子，阮囊羞澀的我只能急步離去；豪雨如何從坡度陡斜的天神巷洶湧滾向水坑尾，我又如何在及膝的水流中迎難而上；在「善慶圍」那幅「往來皆迪吉，出入俱亨通」的刻字對聯前，苦等失約的同學；小學一年級的班主任把我拉到巷子的轉角，叫我拿著書包滾蛋；看著哥哥被學長們推到牆角霸凌，我居然沒有以死相拚；數之不盡的木尺、膠尺、巴掌和脫衣體罰，一天兩次的集體禱告和每周一次的聖詩彌撒，校園裡的十字架和洋人神像、暗道直通的主教座堂，關於原罪、殉死、苦難和折磨……一年裡總有那麼一兩次，父親突然在人群中驚喜現身，接我放學，以致其餘三百六十天都是失望；在昔日的王家大宅，一個六歲男孩差點和我訂下婚約；巷子尾的麥當勞成了我每天的飯

1 編註：「遊戲機中心」之俗稱。
2 編註：「Store」之音譯，主要販賣食品、報紙的小雜貨店。

堂，卻始終得不到那個遙不可及的生日派對……中學，轉校到了青洲，校園大了，記憶卻特別模糊，唯獨在天神巷念小學時的種種細碎，如此歷久彌新又血肉豐沛。現在每次踏進這條三分鐘就能走完的街巷，都像墮入記憶的漩渦，濕漉漉、青磚、灰牆、紅色的圍里入口、土地公，那是我的童年、陽光並不燦爛的日子，也是供我穿越殘酷的成人世界、逃離巫術學校的九又四分之三站台。

天后

如果有一個地方，去了無數次都好像首次踏足，猶如不斷變化的迷宮，那大概就是香港。一水之隔、粵方言為主又同樣經歷殖民統治的香港和澳門，在街道命名上也有相似之處，各自有一大堆洋氣的街名（如砵甸乍街／亞美打利庇盧大馬路），或與農業（如通菜街／芽菜巷）、漁業（鹹魚街／打纜巷）、海盜（張保仔路／賊仔圍）、種族（摩羅街／嚤囉園路）、奇幻（幻想道／幻覺圍）

等相關，兩地除了共享北京道、廈門街這些與內地相關的街名，媽祖崇拜也是同氣連枝。澳門媽閣廟、路環和漁翁街的天后古廟，以及香港的天后站和數之不盡的天后廟，都或多或少可以串成奇幻的雙城故事。若論「街偶天成」，五花八門中最情有獨鍾的兩條街道，我只取香港天后廟道和澳門天神巷這一瓢飲。

雖然兩地相距不過六十分鐘船程（現在還多了港珠澳大橋這條陸路可選），但無事不登三寶殿，幾乎每次去香港都是辦正事，工作會議、講座、講課、研討會、朗誦會、新書發表會、搞簽證、趕飛機，因此盡可能低調，不知會不打擾香港的親朋好友。唯獨那一次例外。

天后，從來不在我的訪港計畫之內。我倆都不是虔誠的教徒，不信上帝也不信媽祖，然而他說想到天后喝酒，我們就約在天后站的B出口。他帶我到天后廟道某條橫街的露天小酒吧。

頭頂是十二月安靜的月色，沒有什麼招牌的霓虹光，連街燈、店家的蠟燭也是隱隱約約，正好為我們努力掩蓋的羞澀提供了保護色，甚至沒有路人，只有巨大的蟑螂在遠處三三兩兩。日本清酒和荔枝馬丁尼的冰凍水珠，地上的水漬和琳琅滿目的酒瓶互相輝映。那是我們首次正式會面，我一頭長髮，一身黑衣，沒有化妝——我有預感他不會喜歡我，所以我也不打算努力。

聊到晚上十一時，我要趕地鐵火車回沙田，之後他又和我沿天后廟道散步回天后站。我們在擠逼的地鐵人潮中擁抱告別。

每次匆匆到香港，我都有任務清單，能早走，片刻也不久留。但因為有這麼一個晚上，有這麼一個人的存在，天后廟道就不再是過目即忘的街道，而是一個可以不斷重返的記憶時空；香港也不再是我眼中一向銅臭勢利的香港，而是一夜溫柔美善的所在。那夜，我毫無準備地擁抱了一座並不特別喜歡的城市，全因為我始料不及地喜歡上一個人了。

西方的天神、東方的天后，都是美好的想像。神仙眷侶，誰不欣羨，但實際上天各一方，中間隔著的不只有一個大海，還有一條緣分的鴻溝。對一條街道太熟悉，即使平淡無趣、面目全非，換來的還是一步一景；兩個人愈了解，愈容易互相傷害，終究各奔前程。如今的天神巷，依然是年輕人集中之地，牛雜的氤氳，日日新的韓國服飾，牆上的七彩塗鴉，吸引遊客流連的甜品店、茶餐廳、長椅和街角的水果檔；熱鬧的天后廟道則依然在白天繼續它的熱鬧。各自精采，各得所安，在看似互不相干中暗暗交錯，這就是我所理解的兩地關係，港澳街道給我的感覺。

然而人生何曾圓滿呢？變化幾乎就是街道的天命。童年的苦中作樂，成人的只如初見，讓某些街道掙脫了地理和時空的局限，在記憶的隱密地圖中，始終閃爍著動人的光點。

高街

黃愛華

住在德國科隆已滿一年，也不知何故跟這座城市結下緣分，起初只打算短留三星期，怎料一放下行李箱，四季就悄然而過。

初來之時不認識任何人，室友是個只懂說德語的女人，我的目標只有一個：把德語學好。幸運剛到達時正值初夏，科隆的夏天，晚上九時五十分的夕陽，曬得溫熱的石屎地[1]，徐徐送來萊茵河溫煦的風，瀰漫著大麻的氣味，人群蹲在河邊或坐在大教堂前，談天唱歌跳舞，無所事事。這城市，這季節，適合虛耗時光。

大概我是被夏天的景象欺騙而留下的，當然再美好也是異鄉，偶會想家。

奇怪是我在此地總碰不著香港人，有時想暢快地講講粵語，也只能獨言自語。於是我開始找尋這城市與香港的關聯之處，無聊地發現，德國第二大藥房屬於香港某大集團，亦曾在街上看到姜大維的海報。後來德語學多了一點點，才發現那條我每星期都會走過的大街Hohe Straße，中文譯名正是「高街」。

在科隆無人不懂高街，它歷史悠久，羅馬時期已是市中心最重要的街道，當時名為Strata lapidea（鋪好的街道），顧名思義，高街是當時城內唯一一條鋪好的街道，其後多次易名，直至歷經拿破崙帝國時期，才命名為高街。這也是名副其實的，雖然科隆市地勢平坦，但高街連接著大教堂那一段的確比河畔高出了一小截，不過對於香港人來說，這「高度」確實有點小兒科。

從中央車站走出來，聞名於世的科隆主教堂即映入眼簾，相傳東方三博士的遺骨就供奉在裡頭，連接著教堂旁邊Wallrafplatz的行人道，就是高街。白天

1 編註：混凝土地。

走在高街，別妄想可自如地漫步，路上擠滿兩手拿著紙袋的行人，也有不少旅客，手拿地圖在人潮中東張西望鑽來鑽去。沿街一直往南走，會發現兩旁盡是H&M、Mediamarkt這類毫無特色的連鎖商店，自然有點無聊。比起白天，我更喜歡晚上的高街。有好多次，商店早已打烊，我和一位德國朋友從南面的電影院，沿著長長的高街，一直走到北面的中央車站。朋友在德國火車公司工作，只要有火車站的鄉村城鎮，他都曾到訪過，由是他甚為了解德國各省各城市的建築風格。幾乎每一次我們經過高街，他都會強調這條街如何讓人生厭、新建的商店與大廈有多醜，直至我們走到北面大教堂附近，他才會停下來說：「晚上的大教堂和中央車站好美。看，雖然中央車站的大堂是在七〇年代建成的，但那設計到了今天也絕不過時。這就是科隆了，好看的建築總被極醜陋的樓房包圍著，多討人厭。但這就是科隆了。」

每次提起高街，我總想起他這段話。灰黑的主教堂建築精細，氣勢磅礡，附近佇立著的卻幾乎都是四四方方全無線條的石屎平房，與精緻優雅無關，兩者實在是天壤之別。後來才知道，二戰時盟軍曾狠狠轟炸科隆市，高街以至附近所有街道只剩一堆頹垣爛瓦。古舊建築不復存在，只有大教堂幾乎完好無缺，雙塔依舊肅穆地聳立著。然而教堂得以倖存，並非因為它的美麗與莊嚴震懾盟軍，而是盟軍需要一幢顯目的建築物作座標，方便空襲行動。重建後的科隆面目全非，難怪生於科隆的作家海因里希伯爾（Heinrich Böll），戰後始終無法再適應這座城市，於他來說這是故鄉也是異鄉。

萬里之外，香港的高街對我來說，也是極為陌生的。大抵我走科隆高街的次數，已遠遠超於我走香港高街的次數了。

許多香港人認識高街是因為鬼屋，但提起高街，我齒頰先湧來西多士[2]的黏甜。

小時候家住牛頭角，那時我們幾乎不「過海」，是不折不扣的九龍人，

2 編註：法式吐司。

九〇年代初舅父在高街附近開了家茶餐廳（年代有點久遠，舅父早已移民，事實上我不太確定茶餐廳是否正正開在高街，還是附近的街道上）。每年農曆正月，我們會搭101號巴士，顛簸地從牛頭角一直坐到正街。下車後，往斜路走，第一街、第二街、第三街，阿媽走得上氣不接下氣道：「香港的路，為什麼總是，那麼斜。」

「是竹園邨外的斜路斜，還是這裡斜？」一次我姊這樣問，我們一家只搖頭表示不知道。

我們通常在下午茶時間探訪舅父，客人不多，舅父端來幾客西多士，兩片夾著花生醬蘸著蛋糊炸得金黃的多士，浸在牛油糖漿之中，閃閃發亮。那是茶餐廳裡我最愛的食物，偏偏我媽從來不點這種不是早餐又不是午飯的多餘食品，故此也只那一年一次，我才能一人獨享一客西多士，那幸福絕對無可比擬。吃得滿口香膩黏甜後，我跟姊姊就跑出去看「城堡」。對，我們的「城堡」，就是別人眼中的「鬼屋」，舅父也實在從沒跟我們提過那是鬼屋。那時高街的店鋪也平平無奇，都是士多、車房、餐廳、洗衣店之類，實在沒什麼好看，但我們每次都要跑去看「城堡」，就好像經過獅子山隧道也想看看望夫石一樣，這一望，見到它安在，才放心。巨大的建築立在我們跟前，拐一個角，摸摸那經琢磨的石牆，粗皺不平的紋理洋溢著氣派，像一位老國王的手，還有我只曾在童話圖書中見過的拱門與長廊，不陰森不恐怖，磊磊落落，分明是一座城堡。

西多士的甜香，英姿勃勃的城堡，那是我認識的高街。香港的高街。

雖無戰火摧殘，我所認識的大概也不復存在。面目全非——或者這也算是兩條高街的共同命運吧。

在又一個穿行科隆高街的初冬，走至街北，昂起頭，看到大教堂已亮起燈，燈光透亮肅靜的夜色，一群不知名的鳥在空中盤旋。驀然想到，在德語當中，上帝即「Heiliger Geist」(神聖的靈體)，也就是我們中文的聖靈，有趣是這個「Geist」除解作靈魂或精神外，本身也解作鬼。只是此Geist不同香港高街的Geist，前者以光明正派的姿態，七百年以來，吸引世界各地的信眾膜拜，乃神聖之地。而我們的高街呢？因一座鬧鬼的前精神病院聞名，是歷奇尋鬼之處，過了百年，最後被拆卸摒棄，古典雅致只剩下外牆，後方則突兀地安插一幢混凝土大樓，甩皮甩骨，正正不像人也不像鬼。殊途不同歸，不知這是否正邪兩派之下場？

路上

游靜

我們總忘記大部分走過的路；有些卻是每天要走，不得不走。此生註定，綁在一起。每一次見工填表維修送貨這段關係都會被召喚，如一段天長地久甩不掉的婚姻。我本來不會認得這路。香港有很多屋苑每個屋苑每幢大樓花槽保安站停車格長一個樣，每條路似路非路。簕杜鵑修得像羅漢松，成了乖乖牌。兩個玻璃樽回收桶肩並肩，明明不孤單卻非常寂寞。是那種除非你必須每天走過否則一定不會記得最不顯眼的幾個街角，雖然她有個像樣的名字，不是那種又乍又打或急或甸的。別以為長期靠近這裡會秀氣如蘭，至少有點改善作用；蘭秀，不過是某位荷蘭皇室的姓氏。後來蘭秀王子做了英國國王所以愛爾蘭都柏林亦有蘭秀道更是喬伊斯的初戀勝地。常想，當英國失去了所有殖民地包括愛爾蘭那英國文學一科怎麼辦。幸好我不是圖書館管理員。據說荷蘭教科書教育小小公民荷蘭殖民並非侵略只為經商。英國國民教育好像也是這樣講鴉片戰爭。荷蘭確實是腳踏實地的民族，紐約的蘭秀道就在華爾街，當時蘭秀王子還在荷蘭而紐約是荷蘭殖民地叫新阿姆斯特丹。

當然妳不會知道這些，妳才不管愛爾蘭與英格蘭，阿姆斯特丹或紐約跟這裡有啥關係，但妳對戰爭與侵略很熟悉。或者，因為妳很熟悉。所以，即使妳認得這條街的每一寸，每棵花每個回收桶，這個自以為標誌著香港第一代中產的屋苑早已成為妳的一部分甩也甩不掉，即使這樣，妳有一部分卻永遠不被認為屬於，成不了中產，成不了香港。

嚴格來說，這不是一條街道。路上有三間診所兩間洗衣店兩間理髮店，報攤中藥店水電用品便利店海味店凍肉店茶餐廳，酒吧的旁邊來了一所幼兒英文補習社。最近開了一家叫 Nail Bar 沒有中文名字的，下面還寫著 Established

2000。門前羅列其八間分店，有兩間也是在一條名字帶蘭的路上。接受美國大通卡[1]。藍色貼紙跟所有的英文及蘭，一起光耀著店面。老公去酒吧老婆去修甲孩子學英文公公婆婆挑海味藥材。吃過飯送妳到報攤後劈腿妳說去看花膠的價錢猶如股票。

那個手持一束花的女子，是在回家的路上還是往情人的居所？推著輪椅的移工，低頭看著灰硬的水泥路，想著家鄉的孩子？路上車不多但兩端都是上坡，推輪椅最費勁。一端是集團速食店，另一頭是油站。速食店關門裝修好一陣子圍板解封後變身一間貼近民意宣揚本土意識叫「香港地」的，猜是同一個廚房但價格何止提一成。香港地。陳生的保安亭從前是半開放有窗的小站，現在儼然成了大街上的透明劏房[2]。新年要記得給陳生紅包，妳的優良傳統。不要小覷油站，沒有油站就沒有屋苑就沒有路。

1 編註：指美國大通銀行的信用卡。
2 編註：指把一個住宅單位分間成不少兩個較細小的獨立單位，作出售或出租之用。

茶餐廳，只此一家。最後一次出外吃飯，把輪椅一直推進來。今天老闆站在店前弄魚缸的水泵，晚上有人訂了的老鼠斑在裡面享受最後的幾刻鐘。進去時老闆抬抬眼，叫人有點擔心。乾炒排骨河有豬肉的味道，全港少見。「香港地」就沒有。擔心有啥用。奶茶果然不對勁，這刻鐘不是老闆沖。出門前連忙向他眨眨眼。

第一次跌倒，在路上。據說血濺一地。頭撞在報攤旁的柱子上。救護車來時，妳嚷著要回家，不去啥醫院。醫生說，沒有見過這樣的老人。妳豎著大耳朵聽著，哼哼怪笑猶如得意。醫生這種年紀，沒有見過的可多呢。當然我不在。妳生命中所有最重要時刻，我都不在。

每次走這路，都慶幸可以離開。妳家，從來沒有停止，作為我的壓力，作為我費半生逃離的，起點。因為這起點，我走過無數的，名字無關痛癢的，無所謂起點或終點，有人歡呼更多人唾棄的路，然後，益發頻密的，不斷回來。每次，同時，半只眼尾巴照顧逃逸的路線。直至，不能逃逸，因為再沒回來的理由。

卻仍然需要理髮，就在油站隔壁。去年理髮師鑽研攝影，今年開始學習流動影音。他一隻手拿剪刀，另一手握著電話叫我看他正在剪的旅遊錄像。剪得太碎了，我說。頭頂那撮可以再碎些。剛站起來前一刻，他問：去看媽媽了？從回到這路我一直最怕的問題，終於來了。

推到路的盡頭，最後一次，就是來這，燙頭髮。兩天後，她帶著這髮型，離開每天走著的，如自由如牢籠的，最後一段。看著鏡中的頭髮看著妳，我微微，點頭。

祝願道

楊彩杰

一條沒特色的街道是怎樣的呢？卡繆在《鼠疫》中這樣形容一個沒特色的城市：

怎麼能使人想像出一座既無鴿子，又無樹木，更無花園的城市？怎麼能使人想像在那裡，既看不到飛鳥展翅，又聽不到樹葉的沙沙聲，總之這是一個毫無特點的地方？在這個城市裡，只有觀察天空才能看出季節的變化。只有那清新的空氣，小販從郊區運來的一籃籃的鮮花才帶來春天的信息，這裡的春天是在市場上出售的。夏天，烈日烤炙著過分乾燥的房屋，使牆壁蒙上了一層灰色的塵埃，人們如果不放下百葉窗就沒法過日子。但到了秋天，卻是大雨滂淪，下得滿城都是泥漿。直到冬天來臨，才出現晴朗的天氣。

巴黎近郊的聖佐治德輔道（Rue des Vœux Saint Georges）大概就是這樣一條街道，沒有最顯出巴黎特色的林蔭大道和豪斯曼式樓房，沒有鴿子成群成群地略過，四季的交替只有觀察天空才能看得出來。當然，你更加不會看到這裡的人怎樣生活，怎樣相愛，又怎樣死去，因為這條街基本上是一條繞著新城勒魯瓦港（Port de Villeneuve Le Roi）的工業街道。街上立著的最大建築物是椅面窗簾維修店、汽車維修廠、軟管供應廠、船舶經銷商和資源回修站。而隔著這些工廠和商店的，是幾塊長了野草和稀落樹木的空地。

或許，這條街道也曾在法國歷史上留下一丁半點的痕跡，畢竟它所處的地區鄰近巴黎，因而多次成為法國士兵抵抗外敵的戰地。或許，在那間椅面窗簾維修店前，我們可能也會聽到像莫泊桑《修軟椅墊的女人》那種堅貞的愛情故事。或許，離街道不遠的新城勒魯瓦港，也像大仲馬《基督山伯爵》筆下的馬賽港一樣，是某個法國文學故事的傳奇舞台。然而，單從街道現時的外貌看來，這些或許是全然看不到的。

同樣叫德輔道，香港的德輔道卻精采得多了。先不論其他，它的名字便賦予了它一定的獨特性：「德輔道」可能是香港唯一一個以法文命名的街道。而德輔（des Vœux）一詞，是香港第十任港督——一個祖上來自法國北部，後來移居英國的人的家族姓氏。德輔道西段的前身是「寶靈海旁西」，日占時期，德輔道被改名為「昭和通」。寶靈、德輔、昭和，單從名字的多番變化，你便知道這條街道與香港的歷史緊密地扣在一起。事實上，沿著德輔道中和德輔道西附近，我們的確可以看到香港現存一批最古舊的建築物，如西港城、西區警署、香港終審法院大樓、德輔道西207號唐樓等。西港城建於一九〇六年，前身是舊上環街市的北座大樓；西區警署建於一九〇二年，前身是海員宿舍；香港終審法院大樓建於一九一二年，前身是香港立法院大樓，日占時期曾被徵用為日本憲兵總部；德輔道西207號唐樓建於一九二一年，樓下地鋪多次易主。你看，這些德輔道的古舊建築物，就和它們所處身的街道一樣，都有各種各樣的前世今生，都藏著說不盡的香港歷史故事。

巴黎近郊的德輔道盡頭，有一個家庭宴會舞廳。這可能是這條街道最大的特點。畢竟，在一大片象徵著科技、工業文明與現代性的建築群中，有這麼一個擁抱傳統價值的空間，對比必然是明顯的。未來主義的代表人物馬里內蒂（Marinetti）呼籲文學藝術要全面反對傳統，頌揚機器、技術、速度、暴力和競爭，未來主義的詩人不厭其煩地歌頌船塢、工地、工廠、橋梁、飛機和勞動者。這條街道上，不同工廠傳出來的機械聲、路上飛馳而過的車輛的聲音、船舶廠工人的呼喝聲，在未來主義詩人聽來，應該是世上最動聽的交響樂，因為它象徵著文明與進步。而那個家庭宴會舞廳傳出來的古典樂曲，大概是一種跟不上歷史節奏的錯調，就像《傾城之戀》開首那支走了板的歌，那把跟不上生命的胡琴。

香港德輔道最特別的聲音可能是電車的叮叮聲，因為電車是港島區特有的交通工具，它自一九〇四年開始便在港島北區沿海岸線行走。《胭脂扣》中的如花三十年代殉情，八〇年代回魂來到陽間，她也說：「我最熟悉的也只是電車。」然而，二十世紀初象徵著先進與現代的電車，隔了五十年，反而是懷舊情致的表現。小說有這一段：「電車沒有來。也許它快要被淘汰了，故敷衍地悵惘地苟活著。人們記得電車悠悠的好處嗎？人們有時間記得嗎？」如花回陽八天，臨別破執時輕輕一問：「不知道我再來的時候，還有沒有電車？」有的，電車到了現在仍好好地在街道上敲著它的叮叮聲。劉以鬯約在二〇〇〇年寫了一篇散文，叫〈九十八歲的電車〉，寫的就是電車的聲音，其中一段說：「九十八歲的電車不再用嘹亮的玎玎朗誦古體詩，為了突出自己，決定在嘈雜的噪音中改吹喇叭。」當中寫的其實是香港回歸後，電車一度以「笛笛」聲代替「叮叮」聲一事。

德輔道除了叮叮聲外，海味乾貨也是特別的，因為德輔道西一帶有很多經營海味批發生意，兼營零售的商店，構成上環海味街的一部分。不過同樣是香港傳統，叮叮聲和海味乾貨在法國人眼中應該有不同的評價。前者是法國人喜歡的。畢竟，自波特萊爾的《惡之華》和《巴黎的憂鬱》一出，巴黎人就某程度等同了漫遊者，而叮叮便宜的車費與緩慢的節奏，其實很符合巴黎人的閒逛美學，或許他們在電車上也吟著「也許你我終將行蹤不明／但你該知道我曾因你動情……我的心不為誰而停留／而心總要為誰而跳動」的詩句。至於海味，我就曾經見過一個「法國人在香港」的網上群體，對香港人在街上曬魚翅不甚理解，認為香港人竟然公然把自己的殘忍暴露於日光之下。我想，法國人大概是無法體會香港老一代對海味的執迷了。

話說回來，Des Vœux 在法文是一個不常見的姓氏，它同時也是祝願的意思，如同於英文的 wishes，所以如果不用音譯而是用意譯，德輔道可以叫祝願道。祝願什麼呢？嗯，祝願不論是這邊的精采或那邊的平靜，生活都仍有一點摯愛的東西。

在這些平庸中　生活顯然已被
虛度，然而還有這樣的日子
當每個街角把它自身轉換成
一個陽光照耀的驚奇、一幅畫或一個警句，
停靠在集市旁的獨木舟、港口的蔚藍、
營房。仍然有這麼多值得寫，都值得讚美。

——Derek Walcott《沒有還有》

北京路和北京道

廖偉棠

我四十一年的生命，有八分一消耗在北京，像一瓶啤酒，其中最洋溢最接近泡沫的部分，就是那時，邊喝邊灑，煞是疏狂。

但沒去北京之前，北京以兩條街道的名字和方式在我的生命裡種下了北京。一九九三年，廣州的北京路；一九九七年，香港的北京道。少年消耗自己的兩個地方。

十七歲出門遠行，其實不太遠，從珠海到廣州讀書，一間破爛學校的影視專科，主修攝影，考不上美院而給自己的補償。那時的廣州無處不在大興土木，建地鐵，路面上塞車一兩個小時是閒事，我就常懸掛在某路公車的吊環上，擠擠碰碰某少女的肩膀，和她們從環城西路到北京路，一路看英雄花的屍首。

北京路上有兩家書店，是我在廣州兩年的最大寄託（那時還不知道珠江南面的博爾赫斯書店和樹人書店），其實不過是新華書店和古籍書店。

一張已經有點發黴的照片上，十歲的我推著齊肩高的腳踏車，車上放著一摞書，我手裡提著一包書。翻過來，照片的拍攝者我大伯題字曰：「此子將一輩子為書所累」……不幸言中，幸而言中。背景就是一家新華書店，不過是我老家粵西新興縣的新華書店，那麼一個偏遠蠻荒之地我還能買到《伊索寓言》、《尼斯騎鵝旅行記》、高士其《細菌》這些我小時候的啟蒙書。

廣州北京路的新華書店未必好一些，我最大的收穫是《德國抒情詩選》，陝西人民出版社一九八八年版，錢春綺、顧正祥譯，我就是在那裡第一次讀到我鍾愛至今的荷爾德林、特拉克爾、策蘭等德語詩人，該書特別注重表現主義詩歌、扉頁的設計又是哥特風，作為慘綠少年的我一邊讀，一邊聽 The Cure 和 Nirvana，一心沉向黑暗。

（而與此同調而異曲的，也是廣州時代收獲的一本《詩．語言．思》，海德格爾的選本；還有學校圖書館的斯賓諾莎《神、人及其幸福簡論》、宿舍舍友的尼采《查拉斯圖特拉如是說》。）

可以想像當時我是怎樣混跡在北京路上熙熙攘攘的淘金人潮的，一九九三年，所謂的帝王南巡後的一年，全國一致向錢看，我只能低頭看書看腳趾頭。北京路新華書店裡的文學書一點點地減少自己的領地，剩下不多的好書都是八〇年代末思潮大爆炸的遺留物。古籍書店裡也沒幾本古籍，我也尚未發現古詩的博大，只買了認知中最前衛的李商隱和李賀的詩選而已。

盛世如怪風蹂躪著青蔥，
沿街窗在一夜盡封，
她的生意已盡、燒了酒幌，
我只是那向她討過一碗水的假行僧。

十七年後，我寫北京的這幾句詩，何嘗不適合於八九後的廣州？

上個世紀最後一次去北京路，是去買我人生第一把電吉他。時已畢業有年，一九九六年我在珠海電視台充任不稱職的技術員，當年一起去北京路買書的女同學，已經及將要嫁作人婦，我的孤獨日深，釀成了憤怒，學得三個和弦，想要組織珠海第一支龐克樂隊。

當時的上司是來自內蒙古的文藝青年，親自駕車和我去北京路挑選吉他。囊中羞澀，買的是台灣出品的仿Fender——當時的Punk和Grunge樂隊都喜歡用它，尖銳響亮。就這樣，北京路完成了一個怒文青的養成的最後使命。

那把吉他，一九九七年隨我去香港，藏在紅磡北拱街我的雙層床一側，不時陪我咆哮抵擋香港的壓力，最終在葵涌工業區一間Band房粉身碎骨。我的龐克樂隊Punk Dog無疾而終，我喜歡上電子實驗音樂，便臨時起意了一支即興電子組合Big Baby。

一九九七年的我搖擺在里爾克與實驗音樂之間，來香港認識的最早兩個朋友是詩人王敏與音樂家潘德恕，前者在尖沙咀碼頭為我重讀里爾克的名言「對於一個詩人沒有任何境遇是不好的經驗」來勉勵我；後者在中環天星碼頭聽我講自己的詩兩個小時，其後我寫了一首《秋風動蕩》給他：

……黑夜動蕩，八點鐘，他聽見
一個絕望於人群的城市在向北方移動

這日復一日的秋天，連死者也厭倦！
一個人的生活已經放棄
他站在沉沒的天星碼頭上
充滿激情，向另一個人撕碎自己的詩篇

一九九七年我的頹喪與不屈在此可見一斑。那年秋冬我常常來往於尖沙咀碼頭與灣仔碼頭，為著去聽藝術中心門前的免費音樂。日記是這樣寫的：「（一九九七年十月一日，香港的第一次『國慶節』）上午把九月聽音樂會三個晚上的日記整理出來，並加以其他資料，寫成一篇兩千五百字的樂評〈香港九月：獨立風暴災情報告〉。一開始是調侃語氣，並把自己形容為『逐風而行的遊蕩者』，漸漸變成寫實的評論語氣，在寫潘德恕〈極樂世界〉的一章語言是最有想像的彈性的，當寫到九月二十六日『PUNK之夜』時又變得激昂，指出『無政府主義狂歡是PUNK運動的本質』。最後結語為『遊蕩者被撕裂的傷口，卻永遠也不想癒合』。」

去尖沙咀碼頭之前，我會花很長時間流連在北京道的HMV——那裡是當時香港搖滾青年的天堂吧？尤其是，當時還沒有同齡人告訴我信和中心的存在。我在HMV常常見到同類：汗臭的黑色搖滾Tee，油亮糾結的長髮，飢渴發光的雙眼……是的，現在你們稱為廢青的典型造型，當時可是Rock友的驕傲。

我們在一排排號稱Alternative Music的CD之間拿起放下一個個豔羨的名字，最後只會買特價的冷門老餅。但焦灼的音樂始終奔馳在我們的神經末梢——翻看幾乎已經打不開的上世紀的文件夾，我找到一首沒寫完的詩，就是寫尖沙咀北京道我們這些出師未捷身先死的樂隊的：

流亡的樂隊靜止不動，流亡的是世界
旋轉的是海風，是昏迷的聽眾
而樂隊，他們在哪裡站定，開始彈奏
哪裡就成了世界的中心：
琴弦靜止不動，啞默卻風起雲湧——
就像滿天黑暗渦流包圍著中間的閃電
他們流亡於狹窄的廣場，帶著猛烈的

影子和陽光，廣場卻因此而更空
當那纖細的琴弦開始扭曲
向著暗藏無邊的海濤開始嘶吼！

連冰冷規矩的商廈也彎腰淫蕩
就像滿空乾燥死寂包圍著碰撞的離子
他們急速奔馳，在這方寸之地
然後他們戛然而止！流亡的是電的骨頭
血液卻燃燒，成了音樂的灰

大腹便便的人走過，貧窮拾荒的人飢餓
空貨船在背後海港拖曳，甚至海港
也在緩緩向著響鬧的方向挪動

而流亡的樂隊砸爛吉他貝司和鼓
他說：「歌唱者應該比聽眾更窮！」

他是對的，流亡者應該比世界更窮

雖然

「雖然」什麼呢？這首詩戛然而止，就像我們的搖滾歲月一樣，不甘，也只能完結了。

而很多年之後，我的妻路過此地，只見得遍地黃金自由行，從北京道湧向廣東道，她無法想像當年的我，只能想像一個賣火柴的小女孩，其實那也可能是平行時空裡的另一個我：

她痛恨了人群那麼久

火瀰漫，在北京道
她下錯車，卻無所謂
鼴鼠在購物，鼴鼠再問她
多少錢，多少錢
可以購買你的身體
……

水仙

駱以軍

我在香港大角咀住過三個月，那恰好是一整個春天，殘酷的春天，黃梅天，感覺無止無盡的下雨，因為街道比起台北窄小，高樓矗立，人走在街上，好像被承載黃色培養液裡的草履蟲。那一帶是老區，樓面比較舊，一樓全是老時光的五金材料行，有非常長的鋼條、石瓦波浪板、木材、大片鋼板、各種尺寸的塑料筒……但所有的老闆，都是一些老人，連大貨車來卸貨，那打著赤膊肌肉賁張扛鋼條的，都是白髮老頭。我每天要走一段路，去旺角搭地鐵，會經過一座傳統市場，各種在台灣不熟悉的菜葉，那種層次，捲葉翻皺的綠色，像莫內的畫；還有一些油黃蠟赤，鐵鉤懸吊的燒雞燒鴨，空氣中濃郁的腥味，這一段路，也多是老人，或是市集討生活的老人，在那樣的雨光中，總有一種憂鬱、斷腸之感。但那一帶街道名稱超清新可愛：槐樹街、柏樹街、櫸樹街、松樹街、楓樹街，還有董啟章小說《天工開物》中，童年阿爸車間的榆樹街。我整個被這些街道名稱迷住了，要想來自台北的我，所有街道不外乎一個遙遠逃難的夢，一張中國地圖：杭州南路、南京東路、金華街、麗水街、青島東路、重慶南路、迪化街、廣州街……一種軍事地圖的縱橫布局。完全陌生的這些，樹的名稱的街區，真是美麗極了。其實我住的那一區，附近有個殯儀館，當時心裡毛毛的，那租的套房在七樓，是棟老樓，電梯緩慢有遲鈍聲響，樓層走道光線極暗，各家鐵門外地上還放著插了香的小爐，這或是香港人無甚稀奇的老習俗，但我就是總想到香港鬼片，心裡每發毛。但後來發現了這些美麗名字的街名，我的心好像就舒展放鬆了。

因為要找台北與香港相同路名，我心裡很悲觀，實則我非常熟悉的巷弄咖啡屋，小書店，小骨董鋪錯落相間，日式老屋綠光淹漫的這帶，名字全是大陸江浙的市鎮：青田街、溫州街、泰順街、麗水街、龍泉街、雲和街。這非常美，但香港必沒有能對應的街道啊。在維基百科「香港街道名稱」找到了和台北對應的街名：「北京道」，台北則是「北平東路」，這好像是個港台和大陸情感張力的奇幻街道對比：北京道在尖沙咀，在九龍公園旁邊，說來我幾年前跟妻旅遊香港時，這一帶算熟，好像也在那找許留山吃芒果撈，有次我重感冒，每天都在這街上一間龜苓膏老鋪，喝一杯熱騰騰苦極了的感冒茶，後來竟沒吃西藥就好了。台北的北平東路則有一個國際藝術村，我有幾次參加在那兒的活動，但那裡是個被截斷的區域，以前可能是鐵道旁的貨棧集散地，感覺空蕩蕩沒有老區時光的積澱。大約隔著忠孝東路另一側，就是許多好吃老店聚集的杭州南路尾，我高中讀的成功高中就在那區。

香港有些街名真是美麗，譬如浣紗街、玻璃街、船街、漁歌街、染布房街、炮仗街、銀影街、水街、西洋菜街……怎麼可能有那麼美的街名呢？住在這些街道上的人，都是西西小說裡的人物吧？終於找到台北有一條街名，可以和香港的搖曳生姿的街名一樣的了：香港有一條「水仙徑」，這簡直像是曲徑通幽，通往神仙世界、亭台樓閣、只有在壽山石薄意雕才能見到的縹緲之路啊。台北呢？根據民國三十六年一月十五日台灣省度量衡檢定所通報，台北市新舊路名對照表，現在在萬華桂林路，原來的街名就叫「水仙街」。那裡有個「水仙宮舊址碑」，艋舺郊商在乾隆年間捐建的水仙宮已被拆除，神像也移至龍山寺中，原寺廟處剩下一碑。這個水仙宮很妙，祭祀的是大禹，可說是水神之祖。桂林路（在這篇文章應叫水仙街）這一條馬路很妙，這裡從我年輕時，就耳聞是年老流鶯聚集，俗話說「站壁」之地，這裡挨擠著老舊建築的小旅館，以及連著幾家的性病診所，老流鶯看去真的已是老婦，從騎樓暗影冒出，但嫖客是年紀更大的老伯。這條街道，有種火爐金紙的幻影之感，穿過那和香港西洋菜街的市攤極相似，賣成衣、牛仔褲、拖鞋、公仔、山寨手錶、皮帶、草帽、女子內衣、佛像、手機套、電動小車、鍋碗瓢盆、手電筒、盆栽和花肥、普洱茶餅……什麼能想到的便宜貨都有賣的娑婆流河，兩旁是老人家變心的越南妹摸摸茶室，走到底便是台北最享盛名的龍山寺。原本的水仙尊王在水仙宮被拆除後，便被移進這更大的廟，委屈地和其他神明擠在後殿。水仙街盡頭，像是洗滌、體會、同情理解那一整條街站壁的老流鶯的生命史，這裡一拐西園路，是許多間號稱百年字號的佛具店、香鋪、八仙彩繡莊，那就是屬於神明的店。這樣的街景，不正是房慧真《河流》一書中，那些在巷口小吃攤，「用爪子撈米粉湯裡的粉腸」，那些哀傷、無語、影影綽綽的老人嗎？

我的岳父就在這老時光之街，開了一間獎盃店，那個店面裡，金光閃閃，但又無比昏暗，累累堆著各種尺寸的獎盃、獎牌、勳章、綬帶、國旗，或是玻璃框照著一只應該是塑料的蘿蔔、交趾獅子、水牛、日本娃娃，應該也是某種獎狀的形式。那屋子還有地下室，裡頭也堆著人找不到通道的，各種獎盃、獎牌的配件，那和我住香港那些有著美麗樹木名稱的小街，一樣氣味的五金貨物。有一次，我岳父的店鋪發生了火災，消防隊把火撲滅後，遍地狼藉，全是熏黑的碎玻璃和熔成一坨一坨的，原來那些金光閃閃的獎盃，也不是金屬，而是一些鍍金壓克力。我岳父在同一條街租了另一個店面，那些燒熔、慘不忍睹的廢墟，他們還是非常珍惜地挖出沒被燒完全的，我岳母用桶水、抹布，仔細地擦拭那些熏黑的玻璃，然後讓我用一台拖車，拉去那新店面。我記得我在那老舊、破爛、夕陽如溶金的騎樓，拉著那非常重的一車破玻璃，心裡非常憤怒，我相信絕不可能再用到這些殘品，不知道為何他們不將之扔了。我記得其中一趟，經過一條小巷口，我的耐性已崩潰，那極窄的巷裡，蜿蜒且屋簷擷次鱗比，一旁有一小溝洞，我將那些邊沿鋒利的破玻璃，倒進那溝洞。一抬頭，一盆靠牆的榕樹盆栽，綠意盎然，發出一種說不出的清香，錯落在我眼前。

大學之道

鄒頌華

要不是為寫文章，也沒想過原來香港目前有五條街名也名為「大學道」，分別位於五所大學。而根據維基百科的粗略估計，名為「大學路」的街名在中國大陸、台灣和南韓就至少有二十三條，當中還未包括其他國家的。跟我比較有關係的，就只有香港大學的大學道與台南大學路。

家父在七〇年代曾於香港大學的紐魯詩樓當技工，工餘時會去旁聽數學系的課，那應該是我還未出生時的事。那時候莫說要念大學並不容易，要進入香港的最高學府是很多基層市民造夢也沒想過的事。

大概是有一份對求學的情結，至我念小學時，有一天，父母帶我們兩姊弟去龍虎山郊遊，來到半山大學道的開端，父親指著藍色瓦頂、每層也有中式闌欄的柏立基學院，說：「下面就是香港大學，香港最好的學校，用功讀書將來就可以去這裡上學。」當時我說「好」，那不過是小孩的戲言，我根本沒有放在心上。

這段記憶其實我幾乎遺忘了，倒是差不多大學畢業時，有偶然機會下由我們經常上課的梁銶琚樓跑上山，看到藍色的瓦頂，才驚覺原來我小時候來過這裡。

大學道是一條行車小徑，它一直是「高高在上」的，本科生沒事兒很少跑到山上，至少我在九〇年代念大學時，都是在梁銶琚樓、紐魯詩樓和莊月明樓這個鐵三角地帶營營役役，偶爾會去一下歷史建築本部大樓上課，但大學生活並不如《今夜星光燦爛》或《玻璃之城》般浪漫精采，也沒有張愛玲筆下的情懷，大家都是趕著「勁過」[1]，有些會「上莊」[2]，但目的也是盡快投身職場。可以說，我的大學生涯頗為苦悶。

有一回，走上大學道，是因為和同學們打算由本部徒步上太平山頂，大學道是必經之路。經過歷史悠久的梅堂和儀禮堂，再上就是大學校長寓所——大學道一號，是非常優美的Art Deco建築，如此寧靜隱世的大宅，當時都沒人想到不久後發生的「鍾庭耀事件」會令校長寓所成為示威新熱點。我並沒有走到最前線參與，和帶領同學跑到校長寓所門外示威的張韻琪成為朋友已是數年後的事，但當時心裡是暗暗佩服她的。

在此前半年，大學道其實曾成為傳媒的焦點，就是港大首位華人校長黃麗松的太太李威失蹤事件，兩個月後才發現她陳屍在周亦卿樓對開的山坡樹叢。那段大學道人跡罕至，此事曾為已有不少鬼故傳說的校園增添了不少疑雲。

再後來，大學道變得星光熠熠了。龍應台成為港大首位「傑出人文學者」，並於柏立基學院創立「龍應台寫作室」，閉關寫作《大江大海一九四九》。當然，在她之前，就有朱光潛、張愛玲、胡適之等文壇巨星在這條路上留下足跡，但

1 編註：「勁」即「很厲害」；「過」在這裡指「通過考試」。意即「拿取很厲害的成績通過考試」。

2 編註：成為大學學會幹事。

於我而言，他們都是平面的人物，我只在書本裡認識他們，倒是龍應台我見過真身，有血有肉。

這條大學之路，並沒有成為我人生中最美好的回憶之一，但卻是很難得的「體驗」。一九九七年前，中文中學的學生是稀有動物，在全港只有一成中學用母語教學的年代，我當年成為母校自創校以來第二位入讀港大的學生，中中生傳統以來只能考High Level入讀中大，我是「受惠」於第二屆聯招考A Level的中中生，才有機會選擇入讀港大。

那時身邊很多老師同學親戚都替我高興，但我沒有覺得為中學母校「光宗耀祖」，倒是膽戰心驚。我不像進了中文大學的同學有師姊關照，只能孤軍作戰。那個年代，港大仍有很多人以自己中文差為榮。我念中中，又念中史和中國文學，卻走去念法律，大學生涯中最大的慰藉，是在第一年要上一門不計學分的中文必修課，可以去本部大樓上堂，那是唯一一個上課會講和聽到中文的地方。還好，後來兩年漸漸適應過來，儘管沒有「勁過」，也算是「碌過」[3]畢業了。多年後，有一回因為要訪問王良和教授，談起用中文創作，又談起中中生當年去到港大水土不服，竟感觸得自己哭起來。

又過了好多年，我經常要往台南跑。第一次是二〇一二年，那次與友人黃雅麗去小旅行，經台灣詩人彤雅立的介紹，入住在大學路一條小巷裡的小旅館，一住就愛上這個地方，也和旅館老闆成為好友。那是由一棟五〇年代的美軍眷舍改建而成，是樸素低調的灰磚屋，二樓的一排古老水龍頭，正是一片舊式宿舍的風光。後來這裡成為了我來台南的落腳點。在翌年，我要撰寫有關台灣的旅遊指南，就是以此作為基地，由旅館往返台南車站的這段路，也不知走了多少次。

台南朋友說大學路是「文昌地」，房價高，原因不出是成功大學校園的效應，名校地段自然有價，但區內的房子從表面看並沒有香港式豪宅的囂張，文

3 編註：「碌」即「勉強地」，「碌過」即「勉強地通過考試」。

昌地的房子，有一種含蓄的氣質。有一回，旅館老闆帶路，路過已荒廢的原台南廳長官邸，據說李安小時候曾住過。大宅當時雖廢（現在應已差不多復修完畢），但仍有日據時代的和洋式豪宅氣派。大部分人要尋訪古蹟，都跑到中西區，其實東區尤其城大校區附近的老房子，更有一種低調的奢華。

成大校園坦白說我沒有認真仔細欣賞過，倒是有幾次行色匆匆地取道這個昭和初年建成的校舍，可以想像到，白先勇當年在成大修讀水利的苦悶心情，是美麗的校園也無法令人釋懷的。而那種痛苦，我突然有一剎那想到自己，不過我沒有遇上贊成我轉系的李雅韻老師，我自己也沒有如白先勇般有義無反顧的重考的勇氣和能力。不過多年以後，我還是感恩自己在港大待過幾年，畢竟它給了我一張進入社會的漂亮入場券。

在台南大學路上，我遇上許多來學習國語的外國人，尤以日本人多。他們幾乎都異口同聲說，希望學習「正宗」的中文，學會正體字自然是主要目標之一。有幾回，有留學生和在地學生問我：「香港是不是用簡體字了？怎樣你的普通話有大陸腔？」我那刻有點感到受傷，我明明滿口粵語腔，寫筆記都是中英夾雜的「港體」，打字用倉頡，但原來在南台灣，我會被視為「陸客」。至今遇上這種誤會，我仍會很在意地解釋。

不過有一回，從台南車站走到近勝利路段的大學路上，在地朋友指著大正時代種下的羅望子行道樹，說起台南的老建築，油然而生出一種想像中日據時代的浪漫和對日本護照的渴望，正如好多香港人好想要英國護照的心情一樣。而我說：「不一樣，我真正經歷過殖民時代，但你的是想像出來的浪漫，那時你還未出生。」現在想來，兩者大概無甚差別，光是看二〇年代建成的火車站和校園，至今仍然有生命，能夠在紛亂的世代有片刻可以躲進往日的靜好歲月，哪怕是想像出來的也好。每一回在香港被工作和世情迫得喘不過氣來，大學路的起點——台南車站，那個天然透風的月台，那陣帶有熱力的撲面微風，還有月台上那些斑駁的長凳，也是我所期待的目的地。

像樹的記憶——記滑鐵盧

甄拔濤

多年前，第一次去倫敦，住宿的地方是朋友訂的。到達時，看看街名，才知道住在Great Portland Street，直譯過來不就是偉大的砵蘭街嗎？可是倫敦那邊卻是城中心商業區，並非溢滿多姿多采平民生活的區域。在某個街口轉角，再走幾步，是中國駐英大使館。那時當然沒想到，在好多年後，我終於負笈倫敦的時候，因為支援傘運及紀念六四，在大使館門口，耗去了一些時日。

我前赴倫敦讀書一周後，傘運爆發。警察施放催淚彈的一刻，我剛巧在爬上大學小山崗的路上。我看到蘋果的即時新聞，便忍不住在山腳的油站哭了起來。我知道自己是無法參與那個工作坊了，匆匆地在臉書留言：我會去中領館做些行動，有沒有人加入？我那時想，就算只有我一個人，我也要去。友人勸我冷靜，她們正在籌備即時行動，著我先等一下。於是我走下小山崗，返回埃格姆（Egham）車站，等下一班車返回滑鐵盧（Waterloo）。我母校離倫敦市中心大概四十分鐘車程，而滑鐵盧是市中心最近我家的車站。回到市中心，朋友說兩小時後到特拉法加廣場（Trafalgar Square）集會。一向以來，無論做什麼事情，我也是要先填飽肚子，因為這樣才有力氣走下去。我走進車站內的日式快餐店Wasabi，吃了人生其中一個最漫長難捱的午餐，又不停地反問自己：為什麼偏偏在這個時候撇下香港來倫敦念書呢？我到底在這裡做什麼？現在回想，不是傘運，不是特拉法加廣場的臨時集會（匆忙之下竟然有五百多人參與），我是不會認識剛好留英的一班抗爭朋友，而當中的一位摯友番簡，兩年後過身了。我多麼慶幸能及時認識她。

Waterloo，最直接的聯想當然是拿破侖慘敗的滑鐵盧戰役，另一個應該是窩打老道（Waterloo Road）及油麻地地鐵站。油麻地站現在音譯成Yau Ma

Tei，但在地鐵通車時，油麻地站是翻譯成 Waterloo，因為附近有一條 Waterloo Road，是故，跟倫敦的 Waterloo Station 完全同名。到了一九八五年才正式改成現在譯名。我在香港有幾條十分喜歡的行街路線。赴英讀書前，每每在工作太忙而亟需小休時就會走這條路：先在永星里斜路、人氣歷久不衰的拉麵店吃晚飯；之前之後如有時間就逛逛中華書局看看最新出版的簡體字書；然後到百老匯電影中心觀賞那齣期待已久的電影、有時間又先逛逛 Kubrick 及影碟鋪；電影散場後便步行到白加士街的佳佳甜品（因加租現在搬到寧波街，原鋪好像仍在丟空）。我本來不特別喜歡吃甜，但佳佳的吸引力無法抗拒。百老匯電影和佳佳，對我來說，是不可分割的雙生兒。

慢慢地，我在倫敦也找到了一條相似的路線：Waterloo 車站內的 Foyles 書店是起點，它的櫥窗總會令我就算繞道也要走過去。雖然書店小小的（當然，有時間的話，我會選擇 Charing Cross Road 那間 Foyles 或者 London Review Bookshop），但是我仍然能知道英語世界有什麼新書。要了解一個城市正在關心什麼事情，沒有什麼比逛書店更快捷的了。走出車站往左走大概五分鐘，便到達BFI（British Film Institute），它是一個肩負資助及發行電影製作、策畫電影節目、研究英國電影等工作的機構。BFI設多間影院、影碟鋪、餐廳、圖書館，是影迷的好去處。而且每個月它也策畫不同的節目，我常常都期待它有什麼驚喜。我便是在那裡看《2001太空漫遊》的新闊銀幕版。BFI的對面，是英國國家劇院（Royal National Theatre，下稱NT）。NT和BFI坐落泰晤士河畔，無論晴天雨天，在那裡閒晃，都有令人豁然開朗的感覺。坦白說，不是每一齣NT的作品都好看，也有很難看的。而英國觀眾其實很保守、思想狹窄（narrow-minded）——這是英國某劇院的戲劇指導親口告訴我的。有些觀眾不能接受形式不屬於寫實主義的作品。譬如DV8的近作《John》，在一個半小時的演出中，不斷有觀眾提早離場。Ivo van Hove導演的《Hedda Gabler》謝幕時，觀眾也只是禮貌式地拍掌。Katie Mitchell導演的《Cleansed》（Sarah Kane編劇的），因為呈現激烈的暴力，頭幾場演出都有人嚇至暈倒。而八〇年代的

NT，仍然會積極引進世界各地的優秀劇作，譬如蜷川幸雄。不過，我每次在倫敦，都會到那裡走走，尤其是它的書店，劇場相關的書籍總是目不暇給。離開NT，再往前走，是一個有不同食肆的小小庭園。走到庭園的最深處，有一間專賣English Breakfast的快餐店。便宜，一個full set大概六十到七十港幣，而且味道還可以。對於我這個窮苦學生來說，實在是救命恩人。吃個什麼之後，再沿河往前走，繼續享受寧靜的河岸時光。再一直走，便是泰特現代藝術館（Tate Modern）。它於二〇〇〇年開館，成功地將一間發電廠改建成當代藝術大山。它的大堂Turbine Hall，我每一次走進去仍自然生出讚嘆之感。離開Tate Modern往前走，會經過莎士比亞環球劇場（Shakespeare Globe），我則興趣缺缺，因為我覺得它比較像莎士比亞主題公園。這一段沿河旅程，就是有名的倫敦South Bank Walk。如果還有腳骨力，再走半小時，就會到達我家。那時，我最喜歡從我家出發，沿河跑步到金絲雀碼頭（Canary Wharf）。那無數個黃昏，泛金的河面，是拿什麼我也不會換的美好時光。

的確，曾經有那麼一個人，陪我走過這兩段Waterloo的旅程，可是，我後來明白到，無論什麼人陪你走過多少的路，要走的始終還是要走。

大學的時候，我曾在政務處做過兩年的兼職（我在香港讀大學本科的）。我主要負責聯繫油麻地北區的街坊代表，跟他們面談，了解該區市民生活狀況，然後再匯報給上司，雖然政府通常不會有什麼實質的行動及回應。其中一個街坊，住在窩打老道一幢唐樓[1]。那時籠屋[2]尚未完全給取締，他便是住在那種單位，但他收入稍稍寬裕，住的籠屋在貼近地面的一格，有少許可容轉身的活動空間。他是一個建築工人，大概五十歲，每天很早便要坐車坐船到遙遠的地方開工。我記得有一晚，我循例上去探訪他，他心情很是鬱悶，說每天這樣營役奔波很疲倦，不知道前景如何（因為他們的唐樓也有可能清拆），不知道怎樣走下去，不如死了算。其時正值九七年主權移交前夕。那時我也很鬱悶，

1 編註：港澳混合中西風格的舊式建築，沒有電梯，現時一般狀況顯得老舊。
2 編註：極貧困者租住以鐵籠包圍的床位，故稱為籠屋。是十分惡劣的居住環境。

公安惡法還原了，山雨欲來，其實我也不知怎樣走下去，我連死的意欲也消散淨盡。我不記得怎樣答他，大概是一兩句無力的鼓勵，只記得和他坐了很長時間，很晚才走，遠遠超過了我工作所需。那是我唯一可以做的事情了。

Waterloo在我身體內的記憶，像樹，可以一直在地面擴散，同時像瞞過上帝眼睛般在地底下蔓延開去。記憶最有趣的地方，是不只有一層色彩。像畫畫，如果你想，你可以在任何時刻，於那一抹色彩之上再抹上另一重色彩。而我，已經正在為Waterloo抹上另一隻色了。滑鐵盧既是同一個滑鐵盧，又可以不是那一個滑鐵盧。唯一始終不變的是，滑鐵盧這棵樹仍然熱烈地生長下去。

赫德道與台基廠頭條——

Her Majesty and Chinese H(e)art

盧燕珊

自〇八奧運移居北京後，每年某夜至凌晨，總學遊魂野鬼於大街遛躂，以一個人徒步之Ritual，悼念消忘。直至前年友人新買小牛電動車加入，迷途兜轉才探見廣場東側一片「新大陸」。一條可能是全北京最不北京之路，門口以繁體字刻「聖彌額爾天主堂」的與法國郵政局建築的歌德魅影，於暗角街頭更顯詭異。二〇一七年十一月撤離北京前，念念不忘的正是這條「東交民巷」，悼念的，原是因被聯軍占領而西洋化的清末「殖民自治區」，還有作家張北海的民國二十六年北平。那個午後，風寒日曬，腦袋滿是小說《俠隱》非常電影感一幕：擁絕世武功海歸主角，易容回國本為報滅門之仇，那晚卻不得已，胸膛被塞把四五手槍硬接家國差事，開車護送他不知情的重要人物張自忠不落日本憲兵手。插美國旗的福特駛出東四北大街，經金魚胡同上王府井，橫過東長安街再入台基廠大街，目的地是東交民巷使館區的德國醫院。

逆小說路線走起，從人山人海的同仁醫院路口進，經過兩石獅鐵閘駐兵的神祕「總理衙門」、櫥窗有周恩來毛澤東的紅都中山裝店、不明所以的正義律師事務所、紅磚屋中國法院博物館、北京警察博物館，愈向西行愈靠近國家機器，北京市政府、最高人民法院，以及前世為淳親王「梁公府」的公安部。二次鴉片戰爭割了九龍也割出了京城，一八六一年三月二十六日，Union Jack於梁公府扯起，香港第二任輔政司卜魯斯（Frederick Bruce）抵達，成為英國首位駐京大清帝國公使。據半世紀前港大歷史系講師J. L. Cranmer-Byng所述（"*The Old British Legation at Peking* 1860-1959"），公使館最早訪客包括時任大清海關總稅務司羅拔．赫德（Robert Hart）。百多年前十九歲洋鬼奮青「北上打拚的勵志故事」，Mark O'Neill的《赫德傳——大清愛爾蘭重臣步上位高權重之路》已詳盡，真正的中英「黃金時代」，可謂始自有東方情結的赫德與崇洋的欽差大臣恭親王愛新覺羅．奕訢之無間合作。作為中英超級聯繫人兼滿清「開關人」打通中國與世界接軌脈絡，被天朝官員親暱「Our Hart」。可能真的深得中國人心，其京城官邸雖敵不過義和團暴徒反外國勢力之怒火，但石屎牆上刻的Rue Hart（赫德路），竟能捱過紅衛兵殃劫，小街早已易名台基廠頭條，但幾隻英文字，至今仍安好。赫德大宅及其主理的大清海關總署，還有旁邊的奧匈帝國公使館和Peking Club，今日已歸中國國際問題研究院和商務部。

心繫中國的赫德，於一九一一大清滅亡前二十日逝世，據老掌故考究，尖沙咀東林蔭路（East Avenue）在此前兩年才易名赫德道（Hart Avenue）。一八五四年坐上開往中國慢船之前，只途經維港三個月，當港督寶靈實習繙譯，大概連Our Hart自己也沒能預想，百多年後竟跟香港命脈相連：一九八三年七月十二至十三日，中英聯絡小組（第二階段第一輪）談判，選址就在台基廠頭條三號，原定保密的中英檯底交易，幸得港媒死纏爛打才得以曝光。「大批香港記者一大早就守候在英國駐華使館門前，他們一看到使館的汽車出了大門，就坐上出租車窮追不捨。為了不被甩掉，甚至不惜出高價讓司機闖紅燈，會談地點就這樣被記者發現。」內地傳媒和「香港問題」專家對此無不表示讚歎，「守候在北京台基廠頭條三號的香港記者相當敬業」（《香港問題談判始末》）。主權移交廿年之際，中英如何博弈交鋒又再被內媒大熱翻炒，就是沒你們香港人分兒的事，一如尖沙咀的赫德又與我們何干？一九〇八年六月榮休回老家英國，七十三歲大清重臣離開拚搏半世人生的京城，再一次路過香江，並接受當時名為《南清早報》的SCMP訪問。受天朝任命「皇帝詔曰」一百五周年的二〇一三，《南華早報》一篇〈Affairs of Our Hart〉只寫八卦風月不談政治，但不忘提醒讀者，這個始自大清的海關總稅務司一職，直至一九四九年十二月最後一任撤退台灣時，都是由老外擔當。

從撤離北京台基廠回歸尖沙咀赫德，卻時空錯亂地失憶。八〇年代末我在理工讀設計，活動範圍基本上從學校漆咸道南到做兼職店員的辰衝圖書，原來這間曾是《The Pillow Book》場景的樂道老書店今年亦已百歲。在此背後的漢口道一家舊式曬相鋪[1]，就有一位聲稱與溥儀同字輩、姓「愛親覺羅」的滿清後人老闆。身分證上的周興棠，曾為港英當皇家海軍，自父親遺言得悉身世多年以後，踏足舊稱「盛京」（Mukden）的奉天承運瀋陽尋根究柢，那裡有座依八旗布局、更有滿蒙特色的故宮。從此，周興棠易裝「州棠」，店門掛牌「八旗相館」。那天專誠拜訪時，州棠正在照鏡刮鬍碴，自從「黃袍」加身、留條大辮招搖過市被網媒大事報導後，惹來「怪物」之名，所以他不開臉書不上網，懶管人家怎謾罵。我談及到訪緣起，事關前年寫北上香港電影人文章時，發現除惠英紅屬滿州正黃旗外，爾冬陞母親原來也是滿州鑲黃旗人，即秦沛姜大衛同是漢滿混血，個人對此課題特感興趣，尤其是近年香港總愛把「關懷少數族

1 編註：沖印相片的店鋪。

裔」掛在口邊時，這批早已「融入本土」的滿族後人反被遺漏，不像台灣八旗文化，把自身家世收納為一門學術研究專書。州棠告知，其實尚有不少知名人士如關之琳同樣來自滿旗，只是後人不把老祖宗當回事。

看似不合時宜的相鋪，今日儼如「八旗會館」有滿清會員四十多人。打印電腦旁「白山黑水源流遠　金光紫氣滿乾坤」，供奉清太祖努爾哈齊和高祖多爾衮像。一位看似街坊的南亞裔青年進門，急著要沖印的相片，半小時後取。州棠說，一九八三年到此打工時，尖沙咀一帶，最多相機鋪、沖印店，還有賣國貨公司那種抽紗織物的，因為大陸剛剛改革開放，鬼佬從中國回來，一次過沖百多筒菲林。不知其中有沒追逐中英暗戰的台基廠頭條故事？那天在辰衝櫥窗內較量的，有黑暗時刻的邱吉爾、烈燄與怒人的特朗普，以及《Xi Jinping: The Governance of China》。

兜兜轉轉多年以後，對赫德道寶勒巷一帶印象，只能如同行友人所形容：陀地[2]劈友[3]！香港氣質有階級分野，油尖旺古惑仔[4]勝過Rick's Café的

Colonial，經典只能框在銀河映像裡：亞士厘道《柔道龍虎榜》後巷高手過招、《PTU》金馬倫里寸爆[5]行叱[6]、《奪命金》為大佬坤擺壽酒的寶勒巷彩年也結業、《黑社會》樂少大D「和談」後於金馬倫道金鑾大廈天台豪言拿下尖沙咀……邊拍邊消失的，豈止香港殖民地貌風景，更是早已敗壞的百年江湖秩序與人心。那天發現隱於赫德道半世紀的「泰豐樓」（想起拍完《樹大招風》就關門的楓林小館），仍掛張大千題的古字作招牌，始於一九六一的正宗Peking Restaurant，銅爐炭鍋涮羊肉，山雨欲來太風流，真是《黑社會3》或《龍頭鳳尾》絕妙場景。

2 編註：香港黑社會、幫派分子之俗稱。
3 編註：用刀砍人，或雙方互砍。
4 編註：地區流氓、幫派分子。
5 編註：指態度非常囂張。
6 編註：指警察巡邏。

渡日若渡海

李智良

身體每天排毒的時間在下午三點鐘和肝有關係，每個星期一下午三點鐘吃蘋果，星期二吃橙，星期三吃梨，星期四到星期天吃其他水果。吃三個月後肝炎就會好，胃有問題要先吃一點炸的東西才吃水果，注意一定要在下午三點吃，在新加坡要下午四點吃，因為新加坡的時間比其他國家快一個鐘頭那是馬來西亞要求新加坡把時間調快一個鐘頭，他們要新加坡時間和馬來西亞的航空時間一樣。[1]

街不過是兩行商鋪物業中間的通道，業權由法律與警察維持，無人能免於資本與國家構建的築構物及其空間對身體之限制，人在其中的流動稱不上自由。試想像地方的名字（權力的記名）所指認與無法承載的，諸眾的生命事情——有幾多被切斷，或分叉、可枝接的可能，歷史方外的情境如頁岩層堆疊，如底片重複過曝變成慘白。譬若一條街隱藏的肌理，難以從水泥地表上商鋪宅樓林立的當下，人與物在產權劃界的空間中穿梭交織的繁多線索中，辨認任何「個人」之生命樣態，創造與其他生命群集、連結的可能[2]，人與物流的動線

---

1 摘自一名華裔老人在馬里安曼廟（Sri Mariamman Temple）入口向途人派發的傳單，A4雙面黑白複印，內容多為保健偏方和生活資訊，共九頁，中英對照，署名王建發（Ong Kian Huat）。

2 "Society is always a society of individuals. Individual and society have not ceased being affirmed, each at the others expense, for three centuries, and this is the reliable oscillating mechanism which keeps the charming wheel called 'economy' turning round, year after year. Against what economy wants us to imagine, what there is in life are not individuals endowed with all kinds of properties which they can make use of or part with. What there is in life are attachments, assemblages [*agencements*], situated beings that move within a whole ensemble of ties. [⋯] The operation which the social fiction depends on consists in trampling on everything that forms the situated existence of each singular human being, in wiping out the ties that constitute us, in denying the assemblages we enter into, and then forcing

與網絡複紊亂疊成一片啞黑，無以托印某種「民俗史」的輪廓，或許只能以詩的跳渡與想像嫁接，在碎片互相折射、不重合的疊影中隱隱約約指認資本與國家力量未有摧毀的微枝末節與痕跡，以詩化想像叩應「歷史」敘述本身的虛構。因為詩攜帶渴望、承載記憶，指向另一種生活與自由之想像。

＊　＊　＊

站在廟口的老人用海南口音英語說：「脫鞋就可以了，」他指著門下一角，「鞋可以放在這裡，穿背心或短褲短裙的女士可以借披肩蓋一下身體……」沒有人知道這個笑容可掬的瘦小老人是誰，他顯然不是廟宇職員或觀光部門的志工，也不太像是在街上討活的遊民，來到馬里安曼廟前的遊人都聽他的指示，一隻手按著門廊的石牆，或站或半蹲著把鞋履脫掉，放在其餘的鞋旁邊，越南製哥倫比亞、東莞製耐克，Velcro貼纏著的拖鞋、像舢舨的平底鞋，新舊不離雙對，一些在陽光中一些在門廊的影子裡。進去之前老人又說，「前面××路上還有一間『拜火教』的廟，就在前面你可以去看看。」[3] 遊人離開的時候總是會走進中國城，在華人開的東南亞食店、名字換了多遍的按摩院，門面自上世紀末已成定格的酒廊，古玩店與服飾紀念品攤之間遲疑不決；五個月以後你再次來到站滿諸神化身的門塔下，已經不見老人的蹤影，倒是靠牆的一角放了個不鏽鋼櫃讓人放鞋。

廟前的空地總有各式各樣的人路過，留下的人卻總是差不多的角色。墨綠瓷漆的鐵欄圍著大片鋪了石磚的水泥地，如油麻地附近幾個小得可憐的「休憩處」一樣，鐵欄粗重如像囚籠，掉漆之處鐵鏽磨成光滑，圍攏著人也圍攏著樹，

---

the depleted atoms thus obtained into a completely fctitious, spectral association known as the 'social bond.'" Invisible Committee. *Now*. Trans. Robert Hurley. Ill Will Editions 2017. p.78-79.

3 新加坡並無「拜火教」(Zoroastrianism）廟宇。信眾祈禱聚會的地方在德斯加路（Desker Road）83號的Zoroastrian House，該處亦為Parsi Zoroastrian Association of South East Asia（PZAS）之會址，離馬里安曼廟路程約三至四公里。

樹下的水泥桌椅規定了人們站或坐的位置與姿勢。規訓在於細節。不准攀爬不准躺臥不准飲酒不准吸菸不准帶寵物不准餵鳥不准玩滑板不准打球不准放風箏不准帶汽球不准奏音樂不准燃放鞭炮不准擺賣不准賭博不准掛晾衣服不准露宿不准聚眾滋事不准撿拾垃圾，無處消遣的窮人自小學習被當成毫無精神生活與美感追求的裸命或嫌疑犯般生活。

近傍晚，售賣廉價性玩具、絲襪內衣、皮帶、假香水、菸具或汽車貼紙的攤販，與那些占卜問卦塔羅星相看掌睇相的檔口陸續開檔，屬於坊眾的「廣場」[4]兩邊出口會被完全擋著。「榕樹頭」經多年來的整頓與經濟變化，早沒有江湖賣藝的刀光劍影（沾著汗的肉體黏著薄衫被火水燈映照閃亮），沒有小孩愛吃的零食（死雞與瀕將變壞的內臟油炸成香脆抹上濃郁調味；牙醫不施麻醉藥當街脫牙，血泊溢滿口腔的情境惹來一群看客）[5]，麻雀館門前用木板紙皮湊合搭成的修車檔口和那些吸完白粉就精神奕奕的青年早不在[6]，也沒有人會再吃生劏的蛇膽蛇血，或花錢到樓上的私竇和陌生人一夥看真人騷或色情電影[7]，潮洲人在雜貨店前沏茶吃瓜子凌角八卦鄉里誰家孩子剛申請左落嚟[8]誰和誰跟電子廠的女工結了婚後來又分了還會跟鄰居說三道四的光景不再。[9]世界畢竟是平的，各處的China Town都和廟街長差不多模樣，都是紅噹噹的牌坊和開天殺價的廉價手工藝和冒牌貨色，但不知者不罪，有些人在警察與黑幫勢力，或地產市道漲升的經營壓力下營營役役，另一些人下班消遣找樂在路邊坑渠口旁大口吃著肉與海鮮杯光斛影之幻境，都變成遊客的異國風情——同樣，在你疏離的目光下展開的畫面，最終也不過是寫作素材的羅列，街沒有故事，

4「香港政府於一八八七年興建這條街道時，便根據這個廣場將之名為Public Square Street，取其公眾廣場之意，但是中文名稱卻誤譯為公眾四方街。一九七〇年代，改為眾坊街，取其公眾聚集場所之意。」見《維基百科》條目。

5〈廟街夜市：賣藝講古街邊小食〉，「油麻地社區記憶」居民口述，「香港記憶」計劃，2014。

6〈對油麻地最深刻的印象是白粉〉，「油麻地社區記憶」居民口述，「香港記憶」計劃，2014。

7「廟街行」，《鏗鏘集》，蕭景路導演，香港電台電視部，1982。

8 編註：指申請從中國大陸移居香港。

9〈潮州鄉里來我鋪位閒聊喝茶〉，「油麻地社區記憶」居民口述，「香港記憶」計劃，2014。

你亦與任何人互不相干——如果不是做某種買賣在碰面閒談間交換信息，如果不是在滑手機看馬檻資訊等人應機，不是好奇一切東方符號的外國遊客，或附近食店趁落場來歇腳的伙計，不是到附近美沙酮中心、戒菸中心或是性病診所的常客，不是被從「橋城」那邊驅趕到市中心來的露宿者，不是等陣要到社區中心或圖書館接兒女放學，坐在一旁石凳沒興趣聚賭的那麼一個閒人肯定是警察線眼，但「罪犯」早就不用當街交貨犯案，藍帽子[10]還是十年如一日在換更前後大無大樣從街的一端踱步到另一端，來回巡演，專門截查深色皮膚的亞非裔男人[11]，仍然坐在榕樹下納涼的人，卻像忘鄉的遊魂，疲倦落寞。

街的兩邊，附近商鋪與檔口東主租來儲放貨品的鋪位裡，以木板分間，堆塞著藍綠尼龍布大捆綁著的包裹，旁邊那些舊唐樓的梯口常有瘦削老鴇坐在折櫈守著招客，妳從幽暗的梯間下來，眼前一片花白……那一定是個永恆的夏天，時有不適的人昏倒街上，毒豔的太陽讓日子無法數算，間或下著掩蓋一切聲音的大雨，白人都留在山上的屋裡，窮人一再祈求家宅平安免遭熱病撲殺；妳只能捏起一截被肩掩著口鼻匆忙走過，妳還得趕去燒臘鋪樓上的幼兒園接弟妹放學，吃力聽著老師解釋那些或是關於停課或是關於書簿費減免的通告……鋪在路上的煤炭已熄滅，道旁的樹苗不會記得那些沾了赤土的手，空氣中彷彿還有焦灼氣味，人群不知要回到哪裡一樣往城裡散去。火祭附近，是昔日從吉打、沙勞旺、馬六甲等地跋涉而至的外勞上岸的埗頭[12]，廟總是建在岸邊，岸線卻總是一再被平整的新填地推往遠處，榴蓮芒果等等水果箱子像街壘搬疊在馬路中央，果欄工人赤膊推著劏車在貨車之間穿梭，交通燈得得得響著叫夜變成永恆的白晝……妳說，隨英國商船而至的印度僱傭兵，也是在附近登岸，常到

---

10 編註：指香港警察機動部隊。

11 Ellie Ng "Asia's world city? Hong Kong ethnic minorities feel targeted by police stop and search actions" Hong Kong Free Press. 8/10/2018
Lamia Rahman Sreya. "Hong Kong Bangladeshi university student talked about the issue of racial profiling." Hong Kong Unison（香港融樂會）, 12/04/2018

12 Urban Redevelopment Authority, Singapore. "The Story of Telok Ayer" Google Arts & Culture, 2015.

馬來人和朱利亞人的市集低價搶購或索性搶掠[13]，晚上與那些碼頭苦力和工人，睡一樣的女人……後來殖民掠奪的「秩序」改變，坐平底船來的福建人[14]建了自己的會館又在印度人的協助下建了拜媽祖的天福宮[15]，印度廟也一直有收容那些未有落腳處的塔米爾人，人們睡在祈禱禮堂中，在難近母、象頭神或濕婆諸木雕石膏神像的凝視下，或是聶帕櫚鋪成的通道上席地而睡，從同一口井裡打水煮食、洗臉沐浴，銅鈴與頌唱的聲音飄落粗布搭的帳幕之間……「季節的風，綠色的風，載著虛無和水」[16]，好像一個繁複的夢，隨著夢的幻變而生成人世，妳說的與妳母說過的何其相似。

在河岸盡頭，渡船角後面，枝椏與葉擺晃，你踩在泥濘裡，摸著別人不敢走近的那塊大石[17]，刻著的字呈圓與方塊之間，風化模糊不可識辨。裝了GE引擎美製F-15SG戰機會在半空掠過，石頭內裡的顫動傳到掌心，濕淥的什麼黏到背上突然一下消失，只餘一陣涼意。你心頭搏動，你回頭，但風聲無言詞，雨的粉末打在你的眼額，頭上還是枝椏與葉擺晃。你的名字何其多樣，你是從孟加拉經安德曼群島被帶到檳榔嶼，戴著腳鐐清掃街道和排水管的囚犯[18]，人口販子的貨物，你是學會講旁遮普語、馬來語與英語的「朱利亞人」（Chulias）[19]，你是荷蘭冒險家與波斯商人子女使喚的雜役，嚮往「文明」的有

---

13 蘇尼爾．阿姆瑞斯（Sunil S. Amrith），《橫渡孟加拉灣：浪濤上流轉的移民與財富，南亞，東南亞五百年史》（*Crossing the Bay of Bengal: The Furies of Nature and the Fortunes of Migrants*），堯嘉寧譯，台北：臉譜，城邦文化，二〇一七年，頁九四。

14 "Raffles also recognised the benefit of the different Chinese communities settling into different areas of town, based on precedence and numbers. Hokkiens, being the first and the most numerous of the Chinese to arrive on the island, dominated the 'landing' area around Telok Ayer . This is also evident in the names of the streets in the area, for example Amoy Street was named after Amoy, now known as Xiamen（廈門）, the major trading port-city of Hokkien（Fujian）Province." Urban Redevelopment Authority, Singapore. "The Story of Telok Ayer" 2015. Google Arts & Culture.

15 "Thian Hok Keng". Wikipedia :https://en.wikipedia.org/wiki/Thian_Hock_Keng（visited on 15/02/2018）

16 同註13，頁一六。

17 "Singapore Stone". Wikipedia. https://en.wikipedia.org/wiki/Singapore_Stone（visited on 15/02/2018）

18 同註13，頁九九。

19 Aneeta Sundararaj. "The Chulias of Penang." *New Straits Times.* 21, March, 2016

色人種，你是到沼澤地與叢林替土豪開墾「國土」的採石工人，你是驅策那些載滿香料綿布綢緞的馬車前往班魯亞齊的戰俘[20]，你是失落在翻譯文件中的異族名字，沒有花環的巫士，建國神話裡戴著動物臉譜的神人，在大蕭條時期從Nagapatem附近的村落來到橡膠園沒有病死在航途上的塔米爾穆斯林，一天工錢五毫。[21]由於郵政系統的某個失誤——譬若某字的新舊拼寫方式、行政區的嬗變，被雨水沾濕了一兩個數字或澳門的動亂[22]——到了淡馬錫五個多月還未能聯絡上失收稻田裡的你母（及其他在詩文與歌謠中借代男人們失鄉感傷的女性角色，情人，妻女）。

她們打開沒幾行字的信箋，讀到曠日勞動壓在一具肉體的孤獨或沉默，信裡夾著你從街上撿回來的彩色明信片，紅色白色的小旗交叉掛在兩行檔口之間，七八層高的大樓和兩三層高的店屋之間掛滿招牌，屈曲的霓虹燈管寫著怪扭的英文與漢字，路上燈光通明，你想像它們在某月某夜全部熄滅，矩陣圖般的市街終於以一座髒臭石屎林的實相呈現。明信片將被貼在女人們無法離開的陋屋裡燈下一角，電燈泡乳白的冷光從金屬燈罩的那串菱形飾孔投落在那些衣飾入時的遊人頭上，一張臉彷若旁的一張臉辨不出歡快或木然的模樣，午後，一道陽光從畫面外照在樓幢框著的遠處山壁，近前那些窗戶打開的樓幢的陰影，斜落在攤販褪色的布棚上，紙片沒有印刷顏色的邊框一角微曲，紙片背後還寫著照片拍攝的年份。你記得那天天空無雲，至少你從地鐵站出來的片刻的確如此，舊時的電台廣播在閣樓的牆壁之間撞開另一個你不知道的房號，沙啞的Sanrangi琴音在牆壁之間迴盪，你滿頭灰土，不知道睡醒似的，提著載滿水的塑膠水桶走進閣樓鐵門後那個只開了氣窗與抽氣扇的房裡，你小心把水倒在泰國英泥糰上攪拌，彎著身跨到瓷磚地板沒鑿開來的一塊，頭上那支光管依然透著叫時間昏暗的光，借來的風鑽前面堆著一面破牆拆剩的土磚，還得把它們

20 同註13，頁六四。
21 同註13，頁一一三。
22 João Guedes. "From scientist in Macao to founder of Singapore", Macao Magazine, 25/07/2017.

打包搬到樓下，前兩天起有人在洗手台與廁所前面掛了一道塑膠簾，用箱頭筆畫了一個箭嘴指向左邊，你知道一扇窄門將招來一個租客。你尚欠那個眼珠很小的房東數千元，他總是會打電話來嚷「Money Money, this month!」，你把磚頭擠出來的水泥刮走，抹在另一塊磚上，你約了兄弟今晚在士多外面喝酒，你記得襯衫口袋裡還有兩張賭馬賭英超的彩票，你依著拉線，重複把水泥抹到磚面上，刮走多餘的，抹在另一塊，牆已經砌到幾乎眼平的高度，你想著怎麼趁兄弟喝多一點跟他能借多少就多少，到開口的時候你會想到聽來體面一點的理由。

* * *

樓下黃昏未晚，早下班的人們坐到臨街那些印著啤酒牌子的彩傘下，呷著奶茶或啤酒或別的加了很多白糖的飲料，有伴的笑語歡快，獨坐的人望著大片水泥磚鋪展的步道上那些趕往車站與途經的人群，馬路兩旁有指定停車位若干，路牌指定可以停車的時間。不論是穿制服蓄短髮的學生，胸前仍掛著工作證的白領，背著大背包的勞工，相機掛在頸項或是穿短褲的遊客，不同的步伐都得遵循著街的方向，甚至沒有警察，秩序依然。

輯二

那裡的香港人

他們的香港記憶中，有一條街，有一個人，始終閃耀著動人光點。

維多利亞港的梨

言叔夏

香港的大樓在Google地圖上原來是有名字的。那麼為人指路的時候，就可以島一樣地指引出那些星叢般的漢字了：黃氏大廈。美明大廈。高基大廈。我只在許久以前台北的某些路線公車上比如城南或木柵一帶，遇過類似的站名：金山大廈、崇倫公寓（它們究竟在哪裡？），卻從沒有真正在路上指認過它們來。它們變成一幢幢只存在意義沙漠與字詞折射裡的樓。但香港的老樓不同。它們實打實地坐落在一個又一個街口，每幢樓在地圖上竟很耗功夫地皆有它自己的翻譯。某某Building。某某Mansion。究竟是英譯中文念成了某某，還是中譯英字的諧音某某呢？那些皮膚般的某某，以其表面薄而透光的漢字，帶著一種奇異的混血意味，找不到起源似的。奇怪的是我每一字都讀得懂，但字字皆顯得可疑。我第一次到香港，就覺得滿街的中文招牌莫名有一種推理氣氛。那些斗大字面寫著「五金百貨」、「李藥房」、「香港仔魚蛋粉」的店招，在細小的九龍街道上相互疊沓，忽爾竟都像是它自己的翻譯。它們自由地脫隊、落鏈，像一盤散亂的棋錯落在櫛比鱗次的街道，意興闌珊碰到了一些字再產卵生下了另一些字，如同母魚：柯士甸道是什麼意思？窩打老道又打什麼老道？某日在一尋常的鬧市茶餐廳座邊菜單裡（四座皆是廣東話的拗音所形成的低窪漩渦），我十分驚恐地知道：士多啤梨並不是一種梨。牠是一隻脫隊的漢字有天作夢夢見自己變成了一隻梨。如果牠一直就這樣待在牠自己的夢裡，會不會有天醒來，牠也真的變成了一隻梨？

梨在彌敦道的盡頭載沉載浮。我走長長的路傾斜到港岸邊，C指著對岸的港島告訴我，香港就在那裡。我問：那我們現在在哪裡？這真是一個士多啤梨的問題。C帶我搭小輪，上甲板。船艙昏暗的白晝燈下，有幾個水鳥一樣的乘客，低垂著他們的頸子。如今的香港地鐵早已是亮晃晃的八達通，地鐵車廂裡所有雜沓的人都有自己的下一站要去，是什麼樣的人會在這尋常平日的夜裡，特意耗費這虛擲的時光，從九龍半島坐船到港島去呢？C說她從小就在這小輪上渡過來渡過去。不為了去哪裡，只為了從港的一端，渡船到港的另一端去。世紀初初發軔的零零年代，渡船頭的查票人員也有一種擺渡日子的心情罷。有時買一張船票，可以整日來來回回在這港上。她說，我有時下了渡船轉小巴，就到山上的女子監獄去探母親。

C不似我工作上熟識的香港朋友，有一條白日的軌道可以輸送與滑移。C九〇後，諳巫術，熟牌卡，在尖沙咀細巷裡一捲菸攤上賣細菸草。出生時香港最好的日子已經完結，中學時代是在傘運下度過。但C說起《春光乍洩》裡那遠在南半球的、與香港幾乎對折的城市，竟彷彿是九七的現場之人。張國榮死時你幾歲？張國榮死時，我大學將畢業了。那是二十一世紀開始的前幾年。整個九〇年代最後的一朵煙花倒掛墜落，他竟能忍過千禧年，是忍得夠久了。

最近有個不知真假的新聞說在中國內地的某城有一公車司機，長得和張極為相似。網路鄉民說：張死去竟整整過了十六年了。我想，世界衰老，死去的人不會再老。這是張的運氣。網民又說：那真的是他。是他躲起來到另一個地方去生活了。

不辨方位的時候，就用高樓指路罷。我沿著傾斜的彌敦道步行去到尖沙咀，再從尖沙咀折返，終抵達旺角。途經重慶大廈。重看不下上百回的《重慶森林》，我真以為那樓就在梁朝偉中環傍山公寓的電梯旁。現實裡的重慶大廈和彌敦道上的其他高樓排排並列，好像那電影只是把它從一群樓的隊伍裡叫喚出列。那些樓群像一條條道路從地平線的彼端拔起，梯子一樣地直抵天聽，是一種垂憐的姿勢。那些樓之盡處，極高極高的天上，真有一個聽人說話的神嗎？而香港其實是座後巴別塔之城罷。塔上垂墜的藤蔓結實纍纍的英語、粵語、普通話……我一個人到尋常燒臘店點一份餐，四座皆是徹響的兒化音，和店伙計愈趨微弱的廣東話，形成一個聲音的戰場。於是我點菜時就故意將中文講得有稜有角(以示台灣國語);我再三地跟那些交接餐點的服務生說:謝謝。謝謝。這是中文(據說是台灣人的敬語)。沒有人聽不懂它的意思。它因此也並不是一句中文。如同魚蛋粉要怎麼翻譯魚蛋粉自己?午夜的彌敦道沿街下著細小的雨滴。C告訴我,那降落下來的其實並不是雨,是高樓往上攀升的冷氣管線裡滴漏的水珠,沿街雨一樣地灑落。而彌敦道上衣著潔白光鮮的香港男女,皆很不在意地(令人驚異的不在意),觀音柳枝那樣地拂去了那些肩上袖上的水滴。那是一種與此城的百般濁世日常,彼此受容的能力罷。我想起整個夏天裡四處價響的口號Be water。水清無魚;香港這城,以其水之混沌交雜,豢養了一整城的魚。

彌敦道的盡頭就是維多利亞港。許多好女子烈女子來來去去此城,有的走進了書裡,轉身從書中又踩踏出來,將此城活活地踩進了書頁裡。我總分不清究竟是張愛玲寫了白流蘇的香港,還是白流蘇的香港活過了張愛玲。一個小說人物若活得比她的作者長,那麼那小說裡的城,即使在書裡傾塌了無數回也會再平地起。而維多利亞的女王頭紮起了髮髻一轉身就叫做蘇麗珍。那身段，白皮膚的，黃皮膚的；在這夜的彌敦道上，那些琥珀般凝固在冰塊裡的漢字，也終於在這時代的冰塊咚一聲滑落杯底之際，將香港夢成了一隻梨。那梨在晴朗沉穩的維多利亞港裡載沉載浮，有時久久地浮出水面，像是一隻探頭換氣的海魚。若一個城市的語言能法術般使草莓變成梨，它大抵沒有辦不到的事。傾城之際，那梨自己就是自己的神蹟。

如一段被遺忘的笑話，亞公角街

沐羽

「以下哪個地名是真的？A亞婆角街、B亞孫角街、C亞公角街、D亞仔角街。」電視上獎門人笑吟吟地問，嘉賓瞠目結舌，現場及家庭觀眾都也哄堂大笑，最後當然是無法回答，等著嘉賓的只有懲罰一途，可能是遭麵粉打臉或在頭上刺破氣球之類的。在我極小時候，這集娛樂節目可以說是，我對身旁街道一次徹底陌生化的理解。我從沒想過自己住的地方能成為荒謬的笑料，那是我第一次面對現實：這世界真的沒有半塊碎片圍繞我這地區轉，使我從來缺乏某些鄉土作家的童年記趣：「從小我都把自己居住的地方當世界中心。」太難，太難了，亞公角街。

但住馬鞍山的人都會知道，亞公角街是馬鞍山的咽喉，足足有三十條巴士路線會穿過它，鑽入馬鞍山各個洞穴般的屋村，甚至前往西貢。逆向出去的話，可以從迴旋處落入石門與沙田，也可以踩上高速公路，直抵九龍，轉折到金鐘甚至柴灣。在我前二十年的人生，就是這條路接駁我與其他人的世界，這條路很窄，一邊是山巒另一邊是高速公路網絡，使它狹長得宛如一個娛樂節目上的笑話：兩線行車，一來一回，每天承載幾十噸的重物經過，但的確除居民以外，沒太多人會知道它。

在某程度上這也是一條很厲害的道路，儘管它只有兩線，按道理每天都會出意外，但從小到大我在此塞車的次數不到廿次。假若塞車，就會停在一個屋村外：亞公角村可以滿足任何人對於舊日香港的想像，甚少見人進出的瓦片小屋，幾張乘涼的籐椅，以及殘舊。至於是殘舊的什麼，我確實無法記得，它猶如童年記憶殘片或影集建構的荒廢小村，甚至不會期待有人會在這上下車。在我初會語言，還願意對世界存有好奇，曾指向這離我家不到一公里的地境詢問我媽，我媽回說：不要去，這裡很雜。

如今我住在台灣新竹的公寓，台灣島上的港人，我也是微小的雜質，只希望不構成地方媽媽的防範與反感。寶山路是新竹的其中一條咽喉，它有點像亞公角街，有些隱蔽得幾近邪惡的小村子，在草叢裡，在坡道上。馬路上有四線，兩去兩回，它接駁科學園區到清華大學，然後直抵新竹市區，每日早上無以數計的機車與汽車從市區出發到學校或園區，黃昏又沿著寶山路回市區，塞得不可思議，幾成定律。汽車無論是Benz或Toyota，每日一律絕望卡死，但機車會像污水流淌，在路旁甚至行人道上爭取往前的卑微希望，儘管很可能在前方繼續塞住，至少也有盡力移動過。

亞公角街卻是倒轉鏡像，它幾乎任何時候都可暢通，即使塞車，一下子就過去了。然而它彷彿永恆停滯，天空永遠灰濛，最澄藍時也帶一抹沉悶，沒精打采的汽車在蟻行，一隻接著一隻，回家以及遠走，思緒在這條道路上幾乎都不會作出任何停頓。它像電影裡的時光隧道，用暈染或俐落光影帶過，至於其中到底是些什麼，原理為何，實在無人知曉。它冷淡得讓我不禁想像它只不過是個人，從未想過出生，成為一個笑話或一條喉管。

關於道路的規畫以及形成，我時常浪漫想像，在柏油尚未鋪設的前生，道路可否幻覺自身日後的擁擠，從泥濘到硬地，可否知悉爾後將有上萬人每日穿梭。即便知覺，又何能抗拒任何改造，如宿命，也如神話，結局早就寫通寫透。二十多年來我穿越不息而無人中途落車的街道，一種從柏油裡提煉出來的疏離，賦魂在沒人按動的下車鈴上。巴士廣播裡提及的亞公是誰，亞公的角在哪，究竟有誰知道。後來我穿過亞公角，到達機場，穿入寶山，一條咽喉換上另一條咽喉，路況依然蒼涼。

七〇年代亞公角就有村落了，尚未有路，八〇年代開始固定在今日可見的位置，最初在此捕魚為生的漁民坐船到沙田，又到西貢甚至香港仔捕魚，後來政府發展馬鞍山，就鋪設了亞公角街。亞公角是兩座重點發展區域的中心，看似緊要但其實只不過一句話的重量：「位於沙田區，沙田醫院與富安花園之間」，維基百科這樣寫著，連句號都懶得幫它下一個。就連住在它旁邊屋苑的我，對它的理解也只能來自維基百科，在我出生之時，漁業早已沒落，在家旁邊一條橋底總有幾艘小船停在淺水之上。那也許過往曾是漁民們通往更遠世界的管道，如今他們只剩亞公角街。

每天穿過石門迴旋處，一個很雜的村莊才能進入馬鞍山，維基百科如同辯解般寫著：「很多人認為很多黑社會住在亞公角，其實不然。亞公角的村民十分低調。在一九八九年前，黑社會會去亞公角。」留下的聯想空間實在太大，兩線行車的道路難以裝載歷史的重量，也不由得九〇年代出生的小孩對此地進行浪漫化的構思，這讓人感到過於輕浮，甚至褻瀆，年復一年思緒如機車在路上穿插而行，由小聽到大的亞公角黑社會從沒出現過。

很雜的生活，很雜的視野。每當我在新竹想要下樓買東西時，不到兩分鐘就能走到寶山路。往遠處看去，越過清大校園往市區而去，左右坑坑洞洞的荒涼小屋，我從沒想過進去。從小聽到大的「雜」是一生對於破舊房子的禁制，甚至使我對於一個生活圖景，從來無法作出想像：幾個小孩帶著手電筒與小小的後背包，走進破舊的小屋，推開半掩的門抬頭看見神像，此後禍福亦好，鬼神也好，也無法在我的腦袋裡成形。作為大多數時候守序的現代人，我始終缺席在亞公角街也好，寶山路也好，這兩條喉管的兩側，如被切除了飛翔功能的翼翅。

在寶山路的FamilyMart前，幾個印度人與黑人在喝啤酒，互相交換著聽不明白的口音與英文，一個還揮舞健碩的右臂激動演說，我在一交通燈外的地方看見他們，就佯裝漏了東西回身而行。但回家的路實在太遠，凌晨的空氣污染特別明顯，舉目難以見星，路遙遠得像一段維基的歷史，像一條獎門人的荒謬題目，我總能很輕易地讓自己忘記。

蛻皮——觀塘・宜安街

洪昊賢

當我經過裕民坊，發現裕華大廈和國泰大樓這幾座廢墟仍舊固執地矗立在市中心，小販和舊鋪仍寄居於這幾棟早該化為塵土的危樓之下，我逐漸明白「重建」也許是個漫長而持久的謊言。

我曾以為「重建」是件美好的事。那時家裡的大人和附近的鄰里都說，重建之後觀塘就會變成新市區，住舊樓的可以搬去新建的公屋，還可以拿到一大筆賠償金。我隱隱約約記得那時的傳單與巴士站牌的廣告，都是觀塘重建之後的規畫藍圖。那年我小六，偶爾還會在裕民坊後面的小巴站看到來自不同地方的「企街」。

我住過幾年的宜安街和裕民坊僅隔了兩條街，恰好就不在重建的範圍。假如市中心重建完成，重新規畫要再等十二年。那時沒有人會想過，觀塘除了兀突地多了幾棟高尚住宅外，其實並沒有什麼大變。我也不太記得當時家裡的大人到底是慶幸還是可惜，那時我正在忙著升中考試。

宜安街有幾間龍蛇混雜的海鮮菜館、幾間不斷易手但似乎都是同一批人在經營的飛髮鋪、直通荃灣的通宵小巴站、一間成績不錯但經常傳出老師虐待學生的天主教小學和一個規畫失敗導致人流極少而且冷氣過大的小型街市。要說有什麼特別的話，就是這條街上有多達四間的蛇羹店。

我母親特別愛吃蛇羹，冬天幾乎每個星期都要吃一次。四間蛇店裡，她最喜歡去叫娟姊的中年女人開的那間，說那裡料多而且新鮮。娟姊聲線沙啞，每次經過都會很熱情地叫賣：「滋補蛇羹，四十蚊一碗……」

一碗蛇羹由蛇肉、雞耳、木耳、川芎煮成，附送一碗黑漆漆的蛇湯。分量不多，價錢不便宜，味道其實也只是尚可而已，但每到冬天這裡就會有形形式式的人來「滋補」一下。

我在那裡吃了很多碗蛇羹，但一次都沒有見過活生生的蛇。據說沙士*之後香港政府就禁止了活蛇交易，蛇肉全部要用冰鮮的，但店裡還是放著鐵製的活蛇箱，像個生鏽的大抽屜。有那麼一兩個深夜，我見過他們「落貨」。一包包冰鮮蛇肉壓縮在真空包裝裡，像條綑起來的粉紅色皮帶。

搬離觀塘好幾年後的某次聚餐，住在鄰街的舅舅說，宜安街賣蛇羹的娟姊原來跟他住在同一棟大廈。有次搭電梯的時候發現她不知患了什麼皮膚病，一撓一抓就會有大塊大塊的頭皮掉下來。舅舅說後來他都不敢再幫襯娟姊，改吃對面的那間老龐。我記得母親那時的臉色很難看，這些事情真的是不知好過知。但舅舅說得太煞有介事，我們之後的確都沒有再光顧過娟姊。

後來在某本飲食雜誌上，我讀到娟姊蛇羹店的一篇報導，那是一篇寫得很好的採訪。寫娟姊小時候在東莞鄉下，沒有食物，於是只得捉蛇充飢，來港後一人獨力撫養全家，好不容易近年終於打響名堂，丈夫卻出軌的苦難身世。娟姊辛勤工作，但卻一輩子都沒有離開過觀塘。報導連她二仔小時候與蛇同住一屋，被蛇仔咬的過程都寫得很細緻。觀塘重建後，他們被逼從裕民坊一帶搬到宜安街附近重新經營。透過那篇採訪，我才重新認識娟姊和她那些見過很多次的家人。

很多年前無線電視曾在深夜時段播放過一套叫《奇幻潮》的靈異故事劇集。

我一直記得其中一集的內容。

父母因為火災離世，倖存下來的女孩寄住在遠房親戚家中。親戚對她很好，但有些奇怪的生活習性，譬如住在陰涼的郊外，只吃生冷的食物，屋裡的溫度也異常地低。小表妹喜歡黏著她，跟她示好，但方法是用舌頭舔她的臉……

女孩愈想愈覺得不妥，最後才發現原來這個「遠房親戚」是蛇妖化身來尋

＊編註：指SARS之後。

仇。因為女孩父母經營蛇羹店多年，宰殺過不少蛇。蛇於是籠子裡爬出來，放火燒死他們，並打算將他們的女兒最終也養成一條「人蛇」。

畫面最後那幕，女孩伸出分叉的蛇舌，舔了一下嘴角，瞳孔逐漸變成深綠色……

很多年後的某個下午，宜安街發生了一宗很大的火災，火大到整條街都感受到熱氣。黑煙從那些僭建的房子裡冒出，消防車始終沒有到來。我急忙跑到蛇羹店，見到娟姊邊煮蛇羹，邊撓著頭皮，銀色的細屑片一塊一塊，緩慢而刻意地掉進鍋裡，和蛇肉、雞耳、木耳、川芎攪混在一起。

娟姊舀起滿滿一大碗，又開始她沙啞的叫賣：「滋補蛇羹，四十蚊一碗……」

我逐漸了解到「觀塘重建」，也許只是個殘缺的文法：未來未完成式。舊觀塘像塊要蛻不蛻的死皮，始終緊緊地包裹著光鮮而濕潤的鱗片。

若干年後我在台灣的新竹市讀書。大學宿舍附近有座十八尖山，據說夏秋之交，蛇特別多。舍監告訴我們要小心不要往草叢區域走，因為真的會被咬，還給我們看蛇的海報，教我們辨認雨傘節、百步蛇和鎖鏈蛇，被咬傷後應該如何做急救。身邊有幾個聽不下去的男生說，不確定有沒有蛇，但宿舍裡的魯蛇肯定有一大堆。有時我經過草叢，會聽到微弱的嘶嘶聲，我想我是渴望見到蛇的。

我後來搬離宿舍，現在住的地方仍然很接近十八尖山，但仍舊一次都沒見過活生生的蛇。我的意思是，那種會蛻皮，會吐信子，在地下滑動時會有嘶嘶聲的蛇。

理想的書店——英皇道的小事情

寂然

這樣的問題已被問過無數次。「你認為最理想的書店，是怎樣的？」他們以為我會說出店名，然後就可以問我該店的特色，公式化的訪問或者不相熟的朋友，往往會這樣開始交流。

通常我總是令他們失望，所謂理想的書店，也許根本是不存在的。因為我的喜好必定與他人有異，我覺得很好，人家也許認為只屬一般，他人說很優秀的店，我又未必會喜歡。

回想起來，如果他們能把問題改成「既然你喜歡閱讀，哪一間書店對你說是最重要呢？」也許，我會毫不猶豫就跟對方細說關於香港森記書店對我這名澳門小讀者的深遠影響。

九〇年代初，還在念中學的我開始沉迷武俠小說，由於很早已經把租書店可以找到的金庸與古龍作品都讀過了，又受到當時一些香港漫畫的影響，知道有一位武俠小說家叫溫瑞安，所以當時迅速變成了他的書迷。

那時候，溫先生的書都由「敦煌出版社」印行，每冊都不厚，很快可讀完。除了把小說寫得節奏明快，情節動人之外，更令我印象深刻的是他很樂於跟讀者交流互動，有時會在小說後刊登來信，有時更會點評讀者投稿的武俠短篇。可能出於貪慕虛榮或不知天高地厚，我也開始把自己試寫的故事寄到「敦煌出版社」，心想如果能在香港刊出自己的作品，也是一件值得高興的事。

小說有沒有登出來，我已經忘記了。但更為喜出望外的是收到作家的親筆信，說明某月某日將舉辦讀者聚會，他們希望我這名難得一見的澳門讀者可以赴港參加。到了聚會那天，我懷著興奮的心情初次抵達北角，第一次見到一個客廳居然堆積如山都是書，那種震撼是非同小可的。然後與一班小說愛好者談天說地，不經不覺便談到天亮。在交流中我才知道，「敦煌出版社」其實是一間書店，店主陳小姐把我的信件轉交給溫先生，我才有機會越洋參加這麼有趣的文學聚會。

那次他們還請我到一家「敦煌酒樓」飲茶，我央求溫先生的助理帶我到書店看看。我從澳門來到這個大城市，還以為這間可以兼營出版業務的書店必然很具規模，占地甚廣，也許會開設在很遠的地方。豈料他們跟我說：「森記其實也在附近，走路過去也很方便呢！」

走進英皇道一九三號英皇中心的地庫，我當時的印象是覺得這裡很熱鬧，周邊的店鋪也很新潮，而森記只占一個鋪位，跟我想像中的大書店有很大落差，不過店內的書五花八門，對於個別書籍還附有手寫的推介小文章，流露出一種樂於與讀者分享好書的氣氛。

當時書店應該未以養貓聞名，但店主陳小姐本身已經是一道風景，她是典型的文青玉女，對閱讀有自己的見解，相信很多男讀者會因為她而經常去森記看書。陳小姐很熱心地向我介紹了幾本書，包括村上春樹的《聽風的歌》、《遇見100%的女孩》、史鐵生的《我那遙遠的清平灣》，我全部都買下來。那時候，村上春樹並不是家喻戶曉的名字，但陳小姐已經獨具慧眼向讀者推薦，對我的影響也持續至今。很奇怪，她沒有跟我多談武俠小說，但對阿城、史鐵生的作品卻如數家珍，她也不像當時聚會上其他朋友那樣對溫先生的小說世界認真而著迷，反而比我這外來人更像旁一名旁觀者。

類似上述的讀者聚會我去過兩三次，每次都會順道往森記買書，也真的有文章發表在「敦煌出版社」刊物上。後來我考上大學，寫作的天地寬廣了，武俠夢已醒，去香港買書的路線也由北角改為旺角，那邊的二樓書店極具吸引力，我常去的是學津、樂文、田園，後期去得更勤的是洪葉、東岸，這些書店的視野與心思，都是當時澳門的主流書店望塵莫及的。不過，其實我念念不忘的還是北角森記，因為最初的投稿和參與文學活動都在這裡發生，這家書店對我來說真是與別不同。

往後的日子，我經常在報上讀到關於森記的消息，有時是專欄作家介紹店內的罕見舊書，有時是文化版分享陳小姐照顧流浪貓的好人好事，出版武俠小說的往績在大眾對森記的認知中似乎並不存在，我也因為工作太忙而沒有再參加溫先生號召在珠海舉行的文學活動。緣聚緣散，有時就是如此不經意。

差不多十年之後，我在某個在香港度假的星期六傍晚決定去森記看看。乘著電車緩緩前進，重新審視炮台山這一段的英皇道，漸漸看出這個區域跟灣仔與銅鑼灣的分別。無論是街道的繁忙程度，店鋪的營業狀況，路人的精神面貌，原來在同一條電車路上都可以看出格局的變化，以前我到香港只覺得處處很先進，整體來說就是一個大都市。這次重遊舊地，卻明顯感受到自己以往看事物不夠仔細。

電車停在英皇中心前，其實我有點驚訝。回想當年，我分明見過這裡的熱鬧繁華，想不到這次再來，商場內燈火也不多，店鋪也不再新潮，似乎已變了另一個樣子。究竟是我當年觀察能力太差，抑或這個商場變化太快？走進地庫，幸好森記依然是老樣子，多了很多貓，各種書刊卻沒有少，手寫的好書推介字條還是會貼在書架上，陳小姐忙於整理書籍，她當然不會認得我，書店每天人來人往，我只是她十年前見過幾次的其中一名小讀者，不認得是很正常的。

我在店內看了半小時，挑選了十幾本書，其中包括幾本倪匡先生寫的武俠小說。結帳的時候，我無法鼓起勇氣再提以往的事，陳小姐拿著倪匡的書問我：「怎麼一次過買這麼多？」我說：「我從澳門過來的，這幾本書是第一次見到，所以都買回去吧！」她只是笑了笑，沒有再說什麼，似乎比較欣賞我也買了高村薰的《馬克思之山》，那是她寫了字條推薦的推理小說。

我曾經想過把自己出版了的書送給她，跟她說聲謝謝，告訴她當年辦的出版社確實把我這名外地讀者引進了寫作的大門，雖然說不上很有成就，但這一切還是值我感恩的。不知是為了什麼原因，最終我選擇了什麼都不說。

直到現在，只要在香港時稍有空閒，我也會爭取機會去陳小姐的店買書。

這間小小的書店曾經燃亮我寫作的理想，如果要介紹一間最重要的書店，我一定會說是森記啦！

皇后貶謫大道西

惟得

既然溫哥華承傳「北地荷里活」的美譽，若要拍攝獅門橋發生交通意外的情景，不妨考慮鳥瞰角度，鏡頭下獅子頭拖著大不掉的恐龍尾巴。過往客居加州，無論撞車翻車，不到半小時，當地的公路巡警已經清理現場，加拿大皇家騎警卻是慢工出細貨，似乎要借堪富利保加的口音扮演私家偵探，非把肇事原因查個水落石出不肯罷休，往往一蹉跎就是數小時，平時橋頭三線調撥車道已經不大通暢，封鎖後只網開一條生路讓來往的車輛過橋，鐵甲雄師只好相擁在恐龍尾巴跳龜步舞，要是交通意外加上跳橋自殺，車主唯有專心一意在鐵皮廂裡高唱歡樂今宵。

平日駕車照顧我出入平安的是夥伴，我無事可做，塞車最佳的娛樂是打瞌睡，希望一覺醒來，噩魔都遺留在夢裡，人算不如天算，那天車到喬治亞西街便寸步難行，我強迫自己小寐半小時，醒來後車子還是原封不動。都說溫哥華的美在於山水，我更鍾情鋼筋水泥旁突然的公共藝術。離溫哥華美術館不遠，左邊的馬路，平地冒起三尊西裝雕塑，趕不及打探藝術家的名字，腦中串連五年前朱銘在香港的展覽《刻畫人間》，筆挺西裝裡並沒有露出頭和手腳，雕塑不妨喚作《只敬羅衣不敬人》。右邊「狂人塔」門前散布的白色雲石雕塑，倒認得是黃致陽的《座千峰》，斬件*的雕塑形象各異——白兔頭、蝸牛、蛋……本來像處子般靜靜俯伏地面，精雕的水紋布滿全身，倒提供動若脫兔的錯覺，繁忙的街道擺設帶點禪修的雕塑，有種鎮定人心的意圖，這天看在我眼裡卻完全失靈，此刻我最想念的是史丹利公園入口 Rodney Graham 的《空氣動力學原型》，不鏽鋼的抽象雕塑，拉拉扯扯到三十五呎的高度，略見模型滑翔機的雛形，固然在幽禁中特別渴望飛翔，雕塑在望，暗示離家又近了幾步。

望天打卦始終是塞車時自我安慰的姿勢，我更想推開銅門鐵壁，到外面伸一個懶腰，然而久居北溫，有私家車接送，舒活筋骨已經是一種奢侈。我開始懷念香港的歲月，青少年時住在灣仔，晚飯後信步從天樂里到維多利亞公園，溜入戲院看即將上映的畫片、瀏覽擺賣的地攤、留心欣賞戶外表演，真是一種享受。隨夥伴移居美加，香港的家人喬遷西營盤，每次探親，皇后大道西就是我仰觀俯察的首選。夥伴可不是這樣想，轎車一如保母，自幼把他嬌寵，步行等於體罰。記得他初來香港，一天我上班，他想到英皇道找一間攝影器材公司，我直覺英皇道在北角，提議他過了天后廟道便下車，不知道英皇道蜿蜒直達筲箕灣，夥伴枉走了四公里路，自覺矮了數吋，每次提起英皇道，總取笑我是迷途的山寨羊。這些年陪我返港，由有車階級降為行人，他已經滿腹委屈，嘗過英皇道的苦果，再要他走皇后大道西，簡直像金枝玉葉貶落凡塵。我靈機一動，

＊ 編註：指像割肉般地將事物分成多樣式。

提議到皇后大道西買廉價鞋。夥伴是利他主義者，可以一擲千金請友人豪宴，對於隨身衣物卻極為節儉，廉價鞋倒是他愛聽的方言。其實我也不過大半年前在附近看到「業主狂加租」和「結業大出血」的字條，滄海桑田，誰知道鞋店是否苟延殘喘？然而我一意遊走皇后大道西，即管用廉價鞋作為利誘他的胡蘿蔔加大棒。

下塌的酒店近水街，攀過斜坡就是皇后大道西，這邊廂的超級市場和水果店，記得曾和母親多次出入。母親嗜好一盅兩件，風雨不改，我回港探望，一個節目便是伴她品嘗點心，事前先到兩間店鋪，訂購鮮肉與橙。「肉要瘦、橙要甜」，就是她基本的要求，沒有親自揀擇，把責任都交託店員手中，付款過後，暫把貨品寄存在店鋪，茗茶之後再來領取，對街坊有絕對的信任。當時母親已經五十多歲，店員依然笑喚她為「靚太」，她也回敬「大老細」和「事頭婆」的稱謂，毗鄰而居，不至勾肩搭背上茶樓，依然珍惜天涯間的一點善意。母親初患認知障礙症，依然堅持上街，菲傭恐怕她在市場滑倒，托孤到斜對面的尼斯餐廳，買過餸菜再把母親領回，風水輪流轉，母親倒成了以前她寄存的貨品。餐廳頗為繁忙，夥計還是對母親照顧周到，從來沒有出事。母親喜歡熱鬧，友人偶爾投其所好，帶她去看粵劇，思緒混淆之後，她忘記了提供娛樂的劇場，一意惦記餐廳的名字，午夜夢迴，喃喃自語：「幾時去尼斯睇大戲？」母親從未踏足法國，竟然約得馬蒂斯會晤白雪仙，亂夢裡有野獸派的神采。母親已經謝世，超級市場、水果店和餐廳依然照常營業，門開處洩露我對母親的回憶。夥伴沒有我的感情負荷，來到皇后大道西，遇上肩摩轂擊，幾乎想閃避一旁，等到人流過去才舉步。夥伴縱是身嬌，並未肉貴，一位老婆婆推著紙皮車過馬路，我視作等閒的街景，他已經一個箭步竄過去，像千里護貞娘般保送她到回收站打扎場。

經過仿金磚砌的酒店，幾乎一腳踩碎鋪在行人路的花膠，不禁埋怨海味店的東主把大路據為私有。夥伴的巧思卻點擊華姐的《艾麗絲的沙灘》，影片裡華姐僱人從塞納河畔運來整整六貨車的細沙，撒在巴黎的家門前，再搬來一張張沙灘椅，遠在天邊的海浴場就近在眼前，焦躁的市塵頓時吹送習習薰風。酒店是否想與海味店密謀，製造度假區的幻象？平心靜氣再看花膠，多躺在圓形的竹篩上，其餘的仰臥在白色的紙張，彷彿真的來到海邊，翻出一張沙灘巾，接受陽光的滋潤。曬日光浴的軀體本來淺黃色，有些中央卻呈深褐色，彷彿真是給太陽燒焦。花膠大模大樣躺在街頭，會不會被人順手牽羊？海味店的東主似乎不在意，全心信任街坊的操守。竹篩透孔，花膠躺在上面，只能承接地氣，偶爾吸納過路人踢起的塵埃，大雨滂沱的日子，說不準更淋得一身落泊，令人想起草根文化，與大地同聲同氣，吸盡日月的精華。

教堂鐘聲在遠方敲響，沿著皇后大道西走過去，是一間間販賣佛具的店鋪，其中一間著意投香港人所好，梁上地面的物事都染紅色，一團火彷彿從裡面燒出來，映得招牌滿臉紅光，櫃檯上一隻隻金色的富貴貓在風中招手。門前更掛著各式各樣的燈籠，紅色橙色黃色，未曾過節，已經喜氣洋洋。另一間吊在門前販賣的卻是紙紮祭品，幼時看過竹造的金童玉女和奈何橋，回家幾乎發噩夢，現時看到用紙板砌起來的冷氣機、熱水爐、電飯煲以至錄影機，只令我想起港產鬧劇，笑說地底的先人都洋化起來，夥伴反問我們為什麼約定俗成都把先人打進地獄？如果他們一步登天，就不用勞煩人間的子孫了。佛具店之間似乎有君子協定，這一間專營塵世的紅事，那一間料理身後的白事，河水不犯井水，數代的業務，隨著時代嬗遞，也會變通，店鋪就照顧到環境衛生，多售賣只發微煙的一種環保檀香，店裡一尊觀音像，悠然觀照世情變幻。

近巴士站有幾家店鋪，風琴式的灰鐵閘奏不出一首凱歌，其中一間似乎就是關門大吉的鞋店，夥伴遊興正濃，我就不動聲色，船到雀仔橋頭自然直，快抵上環，果然有平價的鞋店迎迓路旁。我問夥伴對皇后大道西的印象，他反問我走下坡是否電車路，見我點頭，連忙建議：「Let's take the tram back to the hotel.」

羅馬不是一日建成。

改天我心謀再訪皇后大道西，想起夥伴隨身攜帶的攝影器材，又找到作香餌的胡蘿蔔加大棒。

林在蘇杭街

黃麗群

多年後我拉行李箱踏上蘇杭街，隱隱感覺這似乎是十五年前和林繞過的區域，又不那麼確定。那一年我沒下車，坐在九人座裡昏昏欲睡，透過車窗看見林走入乾貨店，店東早準備好她大袋大袋的東西，笑咪咪迎上前來。

林是族叔早年生意結識而成的通家之交，八〇年代一個做報關航運，一個做飾品外銷，兩人都起了家，往還如外姓手足。我們見她，在姓氏後綴稱姑姑，家裡的同輩人與她倒不喊姊妹兄弟，只平呼姓氏，但在前加一個「大」字，這個大字很有趣，有時能表示仰角的尊敬有時也能表示俯角的親暱。

付了錢寒暄也畢，身體屬於胖的林感覺有點兒氣喘吁吁地回頭點點手，司機連忙下車拎貨，接下來我們還得趕路，往裡過深圳關卡開進廣東中山參加家族親戚的一場婚禮。那陣子林彷彿興致很好，提議帶我們先在香港逛一圈，林到香港固定幾件事：跟銀行開會、吃、以及大辦海味乾貨。她在天母的家中總是長年儲藏一條來自上環的迪化街。

那時林年約四十八九，一直沒結婚，有次她拿出大學時的照片，仙靈美麗，她並不故作矜持掩飾得意，但說起來口氣感覺像是講前世又像是講自己的孩子而故事那麼典型：家境清苦、手足眾多、白手起家，半工半讀念完外文系，八〇年代初畢業在貿易公司上班，不到三十歲貸款創業，一開始專做聖誕燈飾外銷美國，她說創業第一年兵荒馬亂，到了年底想起來該刷存摺，她說：「我真的不知道怎麼賺到那麼多錢。

「錢來的速度快到自己都會怕。」她又說。林為父母兄弟姊妹置產，為每個姪兒女準備一份留學與結婚基金，然而也因親人與錢傷透了心。有些事之於人彷彿因愛而生卻一再失滅於利，而有些事因利而起卻未必止步於利，或許這是為什麼她更喜歡在我家族裡走動，很長一段時間祖母家的周末聚餐都有她一份，她經年削男式短髮，細眉笑眼團團如佛，行動風火滾熱，衣著卻清淡，穿到腳踝的素裁素面棉麻長洋裝（後來那被稱為森林風了），偶爾我去看祖母，見林施施然移動，從餐桌上捉一顆綠葡萄邊吃邊說話，也覺很有意趣。林這樣拚搏而出的人對世界自然不乏意見，幾次聽見她說了什麼，我未必同意，也辯難幾句，其他人私下偷偷拉著我笑說：「只有你敢這樣跟她講。」我說為什麼不敢呢？她雖實在固執但也不凶，也不霸道，也不壓人。

然而我們去香港的那個夏天顯然錢來得不再快了。林當時已把產線與主要業務單位移到上海，資金經過香港，台北的公司老人照樣維持，但恐怕她已在聖誕燈、相框、音樂盒、家用擺飾品上看到事業的可能盡頭，遂成立了一個粉紅亮片bling bling感的品牌做女性文具市場，iPhone觸控筆、手機殼、髮圈、太陽眼鏡等，感覺年齡層與品項很駁雜。那幾年我去過一次她在上海的住家，不是新立起的豪宅而是一個大概很早購置的市中心社區一樓，一年年來林陸陸續續把前後左右單位買下打通，製造一個如小迷宮亦有園林感的迴環居家，布滿酸枝、青瓷、蘭花盆、錦繡簾蔓、西式廚房、美式鄉村碎花抱枕、小盞的吊掛水晶燈，有時一個房間兩扇門，每扇門都無法預期通到誰的夢中。我老是找不到廁所。

其實那時與林姊弟相稱的族叔已壯年早逝，然而母親幾次去上海玩，她依舊堅持母親要住在她那裡，白天林到了公司，就吩咐司機回家待命，母親不習慣使喚人，幾次打算自己叫計程車出門，弄得司機都有點急。

那亮晶晶的品牌聽說一直沒做起來，林在台北的時間本是從多變少，後來又從少變多，祖母也過世後我與她見面愈少。又後來，母親體檢發現肺上有腫瘤，手術須進行兩次，中間須休養數月，林知道後來探望了幾回，沒有特別說什麼。

開完第一次刀，不知道林問了誰（起碼不是我）日期，次日早上十點帶著一鍋鱸魚湯、三道炒菜跟一盒鮮切水果到了病房，台灣人相信補骨生肌最好就是鱸魚湯，林說魚是跟魚商特別要的海釣鱸魚，無一絲腥，每天清早八點能到貨一次。林親自拿薑燉了，料理下飯菜與水果，十點送來，母親在醫院住幾天她就起早趕午送了幾天。有幾次母親胃口不夠又怕浪費，要我把剩的魚肉吃掉，魚肉的確比花瓣還鮮清。

母親總覺得第一次開刀復原特別好，正因不間斷喝了半個月鱸魚湯之故，林不無得意地說大嫂我告訴你這魚真是好的，開第二次的時候我一樣幫你每天送湯來。但這件事情林沒做到。母親出院休養期間，某日半夜，忽然收到林傳來一條簡訊，說不要忘了昨天說的話，明天的約會她有事要取消，「我一頭霧水，以為她傳錯人。」

過了幾周才聽見林也住進與母親同一間醫院，因為發現了腦瘤。那時林亦不過五十多歲，腦瘤的壓迫與控制時好時壞，好的時候我與母親去病房看了她，她打著精神，除了反應變得慢些，說話像是人剛睡醒，不覺太大異樣。不好時則完全無所認知也無光影時空。還有很多時候似乎盡是長而又長的睡眠。

有一次林撥電話給母親，電話中的林彷彿已困入意義的死巷只是發出一串串帶節奏的字音而不成語言，母親聽不懂，亦不忍掛，直到林忽然又自己把電話按掉。

我常懷疑她當時是不是惦記鱸魚湯。

不過數月，除夕前的小年夜裡傳來林的壞消息。

我在蘇杭街上的酒店放下行李出門吃粥，已許多許多年沒有來香港。朋友聽說住上環要我一定繞繞附近的海味乾貨行，說鋪頭雅俗合參耐看有味，「而且不知道為什麼好多店門口都有大胖貓。」我邊走就邊忽然想到林，的確是這一帶沒錯。其實那年也就是車在這裡停一停取了貨，前後不過十分鐘，不是什麼值得印象深刻的事，為什麼至今都記得？我很想說個答案但終究沒有，或許因為整條街上某種保存的意志太強烈，導致那十分鐘成為記憶的邊角料一併被捲入乾燥機，如今我寫下來，好像以文水靜靜泡發一枚菇。林過世亦近十年了。

最後我沒有看到哪家店的貓。我吃完生記的粥去朋友推薦的 Barista Jam 喝咖啡，買了酥妃皇后的蛋塔，蘇杭街與當時印象很不同，簡直不能更喜愛。我在酒店房間窗邊發夢研究下一次來的班機與日期，打算還住這裡。我不知道三個月後反送中運動將爆發，十八個月後港版國安法將通過，二十四個月後，大疫到來。

世界小得像一條街

楊佳嫻

現實發生時，其實一片混沌，好像人走啊走，風景人物就一路長出來，交錯，留影，道別。一切的意義或許都算事後。

聯合文學版董啟章《地圖集》出版於一九九七年。那時候我大一或大二，南部孩子到台北讀書，忽然自由，還沉浸在興奮感中，成天蹺課，躲圖書館或宿舍，書店瞎逛，囫圇雜食，文學雜誌上介紹什麼就讀什麼。《地圖集》就是這樣讀到的，我根本還沒來過香港，按圖也不知道要索什麼驥。

年少耽美，好情調，街名有些從英文音譯，挪取漂亮字詞，仍令人連翩浮想。雪廠街上，適合發生戴著報童帽的小男孩的故事吧，七姊妹道，莫非是什麼閨蜜厭倦枯燥男權社會聯手相守不嫁嗎，詩歌舞街，和美國舊時代踢躂透踏全身彈簧的歌舞片似乎很相宜，愛秩序街，想必就會發生和街名徹底相反的家庭人倫悲劇。這類天馬行空完全脫離脈絡，且想像力的操演難免受限於過往積累的小說與電影映象。

今日回頭看，一九九七那一年，除了董啟章《地圖集》，還讀了西西《飛氈》，施叔青「香港三部曲」，看了文學雜誌上製作的香港文學與教育的專題，我知道一九九七是香港特殊年份，但是，僅僅一種客觀認知，並未產生實感。幾年後，當我二〇〇二年開始真正造訪香港，真正對香港發生興趣，長出情感，這十九到二十歲時的閱讀恰恰成為可一再複習的底稿、一再汲取的資源。

張愛玲說，「像我們這樣生長在都市文化中的人，總是先看見海的圖畫，再看見海；先讀到愛情小說，後知道愛」；何止都市人，今日我們處於訊息過量的時代，何嘗不是先看到間接的影像，存著已被開發轉手無數次的視角，然後才親見親行，哪裡有真正的初體驗呢，都是印證。當年我弄不清《地圖集》究竟是理論、歷史，還是小說——然而，非得弄清楚不可嗎，實存隨時能變為虛幻，看似把捉不住的，有時竟頑固如膠。殖民者在此造一個世界，新的統理者來了，塗塗改改，新瓶舊酒或舊瓶而無酒，或連瓶也不存，是什麼像高壓滾筒輾平了一切？

十幾年來每次到香港，只有一項標準行程，就是搭地鐵到旺角，逛西洋菜南街，走樓上書店，主要看買香港本地出版的書。不需要太多，樂文書店，序言書室，田園書屋，就足夠消磨一個下午，肩膀馱一大袋書穿行嘈鬧人群，那時候通常也餓極了，逛書店竟然如此消耗熱量。馱著書絕對不想去太遠，常常路邊瞥見什麼粥飯麵粉店還有空位就鑽進去，不知道是不是觀光區的緣故，踩雷機率也高。我永遠記得第一次在香港吃到無法下嚥的叉燒飯，就是在旺角，乾韌如老皮，難以置信，好似被暗算，簡直想站起來大喊這不是香港！

旺角站特點是人超多。這根本廢話。不過，人的密集程度確實十幾年來驚人增厚，從該站D3出口上到地面，從前不過是晨間菜場等級，後來稠得似牆，得左右左右突圍，心情都浮躁起來，腳下可不能稍停，慢一點都容易被踩脫後鞋幫。那種密度，台灣即使連過年都不會有。附近如電器、手機貼膜之類店家，人行道岔口有時候會設一溜圍欄，常見身材乾瘦的青年們攀坐圍欄頂，喝大杯飲料，啖魚蛋串，滑手機，領口內偶然可見閃爍金鍊。小巷子內小旅社，按摩店，常見拎著黑色旅行袋平頭男子一面走出一面點菸，餐廳廚房後門口下午歇工的廚師蹲著聊天，食物烹煮過又冷卻發酵的氣味漫開，大型空調外機轟隆隆響。至於周生生周大福櫛比鱗次，坦白說我一直不明白，那麼多人需要買黃金？而這些黃金又雕鑄成肥豬樣，這麼醜，金豬大概就是發大財吃飽飽的意思吧，然後呢，被宰嗎？

序言書室行進指示夾雜大堆招牌間。這當然是旺角另一輝煌勝景，橫街大招牌固然驚人，屋簷下小招牌糾結爭奪方寸地，每一塊都想出頭露臉，難度甚高。從樓房門口到電梯，還要經過至少兩層住家高的樓梯，地面鋪了鑲金鏤空繁複花紋壓克力板，視覺壓迫感強，且走的人太多，都敲角破損了。覓到電梯，年紀應該很大，鐵桶也似，樓層按鈕白色塑膠原粒都幾懷舊，多少標語籤紙壁面上貼了又撕，運行起來噪音多，震盪多，可均安全抵達。我非常喜歡在此一狹窄樓房內抵達序言的過程，差不多像來港的儀式了。

另外，在這一帶觀察莎莎藥妝店也有趣。有段時間，大概來港帶貨的內地網上店家很多，常見拖住大行李箱掃貨的女孩。有次見到一個，忍不住放慢了腳步看：睫毛刷得老長，韓妝風味口紅，面上粉細緻縝密，耳殼上三支骨夾，如此嚴陣，腳上卻趿著粉紅絨毛浪漫拖鞋踢拖踢拖走，毫不客氣就蹲在近門口處，攤開三十二吋行李箱理貨，想辦法給大量小貨品騰挪出空間。我走過她，回頭看看，先到書店買書，逛完一家下樓又繞回去看看，剛理好呢，拉上箱子拉鍊，站起來，細細兩條白手臂一鼓勁，忽地大行李箱立起，拉著箱子她邁步朝地鐵站行去，粉紅絨毛風中搖曳，踢拖踢拖，昂首挺胸，武士似的，人群都自動閃開。

西洋菜街，這街名不像春園雪廠或詩歌舞那麼唯美，倒讓人想起煲湯，西洋菜羅漢果陳腎豬骨湯，西洋菜紅蘿蔔粟米麥冬豬尾湯，很生活化。據說從前真是田地，就種西洋菜。

西洋菜南街在特定時段用作行人專用道已經十餘年，恰好成為表演空間，睇過魔術與默劇，青年樂隊與大媽歡唱我也洗耳聆聽過。不過，這個設置在去年已經停止，表演者何去何從呢？香港新聞一向用字生猛，例如《明報》說「行人區殺街在即　大媽湧天星」云云，「殺街」二字十分搶眼，「湧」字加上「天星」在字面上帶來的化學作用，更有一種遍布全宇宙之感。

我想我完全是憑著一條街來認識這個地方的。是不是眼界太小呢？可是這條街上有崢嶸與悲傷，外地人和街坊交織，聽覺氣味與視覺都無比放大。何況讀書人總被書牽著走的，從人文社科書籍出版的變化，也可讀出本地文化心思。白流蘇害怕海水起伏中廝殺的霓虹，我不怕，這條街讓我貼近霓虹裡的珠心。

彌敦道十字路口（自己有苦自己鳩）[1]

楊天帥

有次寫書評，提到幾年前初到日本，日語不好，精神壓力爆煲，自信跌入谷底，唯有一路踩單車一路用廣東話罵日本人和唱陳雲，以維持心理平衡。「夠膽同我speak English。」「請你去香港玩呀，送你去哥連臣角。」「陳雲裡氣魄更壯，陳雲落下心中不必驚慌。」多麼荒謬的我。落筆時已有預感會backfire，因此戴晒頭盔上晒gear[2]。我這樣寫：「如果你讀到這裡已經想share並留言嘲弄我的行為極悲哀，我想在你留言前先回應，我也覺得自己很悲哀。」

1 編註：鳩，粵語髒話，一指男性性器官；有時為助語詞；有時作與「壞」同義的形容詞；在這裡是動詞，借其形容詞「胡亂、無意義」之意，而引申為「無目的之胡混」的行動。

文刊出後，果不其然，好些人斥我日文不好卻去怪人。日本人係（是）無辜的，放開個日本人，云云。

我都講咗[3]覺得自己很悲哀咯。

那篇是書評，我的慘痛生活只能做引旨，無法大書特書。今次承蒙「我街道，我知道，我書寫」邀稿，借此機會，再講一下。

同時也自我挑戰一下。

挑戰是怎麼回事呢？踩著單車唱陳雲，你可以說大膽，但也可說是懦夫所為。因為當擦肩而過的人意識到你在唱奇怪的歌，你已經陣風似的飆離。這種「一擊離脫」的手段無非反映本人自身精神脆弱。說得難聽就是「敢做唔敢認」。

如是我計畫，行動升級。我打算去澀谷的Shibuya Crossing橫過馬路同時大聲高唱「陳雲一秒鐘陳雲一秒鐘從迎接你變作目送」[4]。這不是玩笑。事實上此刻我已經在地鐵上。無花無假，時間是二〇一九年九月二十六日16:28，坐的是半藏門線，從押上直達澀谷，預計車程為三十一分鐘。

然而必須坦白的是，我只是在「計畫」升級而已，此刻的我仍與「決定」升級有點距離。以核彈來比喻的話就是彈頭裝好，密碼確認，但仍未拍落那個紅色大鍵。我將在這三十一分鐘，力圖突破眼前的心理關口，以實現此一對人對己都意義深遠的行動。

而用以支持這場思想鬥爭的資源，是K的故事。

以代號稱呼K是為保障私隱。他是個年過五十的男人，有樓但非豪宅，已婚但婚姻生活不愉快。一句話，正常人。興趣是賭馬和酗酒，還有下面說的那

---

2 編註：「戴頭盔」在近年香港流行語中指「事先作保險性的申明以防被攻擊」，「上gear」則是指二〇一九年與警方對峙時戴上包括頭盔的各種護具以保護自己，在這裡是更進一級的「戴頭盔」。

3 編註：說了。

4 編註：陳雲為香港網路著名政治網紅，時因言論偏激神怪而被網民嘲笑「沒吃藥」。香港網民曾將他的名字改入大量流行歌詞，是為「萬能key」，此句為改作容祖兒李克勤〈刻不容緩〉歌詞。

種事。這事發生在我去日本留學前，當時我只把它當笑話，沒能好好把握它的含義。唱陳雲後，我明白多一點。

倒不知現在他還有沒有做這事。如果他還在做，而你又恰好經過彌敦道和亞皆老街的十字路口，你可能會見到他。

事情是這樣開始的。

某年夏天，烈日當空，而且無風。巴士與小巴與私家車在馬路呼嘯而過，噴出來的廢氣原地滯留，令溽暑更覺難受。滙豐銀行的門口堆滿等過馬路的人。女人們穿吊帶背心，男人著雞翼袖，袒露手臂散熱，汗液在臂上奔流。

正當眾人被毒辣的太陽烤得焦燥時，一把聲音在人群裡面高喊：「你！行開！你呀！屌你老母！你做乜嘢望住我。吓？吓？」

那就是K。上身Polo衫，下身牛仔褲，肩上挎一個大麻包袋，沉甸甸。臉容繃緊，死魚似的兩眸凝視前方，口裡念念有詞，間或露出被焦油熏成啡色的牙齒。

許多人轉頭過去望他，又一齊往前看去，試圖尋找那個被要求「行開」的人。卻無跡可尋。這個中年男人目光沒有鎖定任何一方，他只是無差別地謾罵並發出類似電單車撻唔著那種聲音：「嗚——呃。呃呃嗚——你喺度做乜嘢[5]！你條仆街[6]。走！抵打，走走走！」

如是人們便知道他是香港量產的瘋人。也許是出於自我防衛意識，他們開始在K的面前散開，好似救護車分紅海那樣分出一條路來。也在此時，車停了，交通燈轉綠，發出噠噠噠噠的響聲。K二話不說速龍似的往朗豪坊奔去。「企喺度……咪走，企喺度隻揪！」[7]除他以外沒有人走，也沒人想和他隻揪。數十上百人就這樣掛著黑人問號，看他追逐虛空，然後沒入西洋菜街消失不見。

發生這事的時候我不在場，細節是K飲茶時告訴我的。我和他是朋友，不

5 編註：「你在幹什麼。」
6 編註：香港罵人用語。
7 編註：意指「站著別走，來單挑」。

時喝茶喝酒。他是個派快遞的人。好多年前已經向我訴過苦，說任職的物流公司表面上是多勞多得，實質是剝削。派遞員以「自僱」名義受聘，無保險無退休保障。人工按件計算，「自僱人士」每朝要去物流中心搶單。搶得愈多，收入愈高，但另一方面，若有什麼差池而導致送遞延誤，公司要扣錢處理。一分鐘扣2％，遲到半個小時，回報便打四折。而且不問原由，哪管你是參與暴動還是扶阿婆過馬路，總之遲到就要扣。

「驚扣錢呀？派少啲囉。唔滿意吖？唔好做囉，出面大把人排緊隊。」[8] K的老闆是個資本主義大惡棍。

那天K是因為地鐵壞車遲到。衰在他一心想多賺個錢，任務排得針插不入。於是，一張單遲二十分鐘，帶來的骨牌效應便導致後面張張單都遲二十分鐘。本來錢已不多，辛苦奔波一日卻仍打六折，好無陰公[9]。K想快，想用跑將差額追回來，奈何旺角人多，就算是連推帶搡的前進都花時間。正在這燥熱交迫的一瞬間，K妙計萌生：扮痴線佬[10]。

他堅稱事實證明這招成功，儘管我質疑恐嚇途人能讓他快多少。（「哦，你唔好話，都快好多㗎！」他說。）第一次裝瘋扮傻之後，很快又有了第二次、第三次。趕時間，他會扮，不趕時間，他也扮。（「有時間梗係爭取咗先，一陣有咩事，唔使趕頭趕命。」）由於他主要負責油尖旺區，所以總是在旺角出沒，也總是在這十字路口扮痴線佬，貪這裡夠人多，效果好。

再後來，當他連放假都會特地走去扮，那就肯定不是為時間。而是為什麼呢？如果容我說，我會說是抗爭，與自由。

痴線的人最自由，這一點很多哲學家都講過。道理一點即破：我們日常生活看似自由，其實什麼都被編排好。老闆叫你九點到公司，你就要九點到公司。差人叫你上返行人路，你就要上返行人路。唔聽就要扣錢，或被控阻差辦公。

---

8 編註：意指「嫌錢少？不做的話外面一堆人搶著做」。

9 編註：指「好沒良心」。

10 編註：意指「假裝神經病」。

這些是有形的規範。也有無形的，比如說，你不能夠無故在彌敦道的十字路口奔跑。「會阻住人」「會嚇親人」「會被人笑」「會被人拍片放YouTube」。各種各樣的原由阻止你這樣做。除非您個人夠特別，特別到不介意嚇親人、被人笑、阻住人……對如此特別的您，社會通常會給予一個稱號：痴線佬。

另一點是抗爭。反送中前我不明白的，現在我知道，K的裝瘋扮傻未嘗不可視為一種行為藝術或不合作運動，用意在干擾新自由主義體制，揭露「正常社會」不正常的一面。我也是以高唱陳雲挑戰日本社會的語言霸權。或者可以這樣說：如果這個世界沒有痴線佬突然唱歌、大叫、追透明人，你就不會知道，原來資本主義體制壓逼了這麼多人。

我和K都是理性的精神病人。核電站透過controlled reaction產生核能。我們則透過controlled reaction產生革命可能。

差別只在，K比我勇敢。我只夠膽在單車唱歌，革身邊那路人甲的命。K的對象則是整個彌敦道十字路口，革盡路人甲乙丙丁。他屬於那種會搞二百萬零一人遊行的大手；我呢，頂多對窗口嗌一句光復香港而已，還要縮頭。

而我不甘心，所以行動升級。

我也踏出第一步了。地鐵此刻已到九段下，還有五站便到澀谷。物理上的我正與Shibuya Crossing不斷接近。

但是，為什麼呢？思想上的我，面對Schizophrenia Crossing仍裹足不前。

我到底在猶豫什麼？唱一句「陳雲一秒鐘陳雲一秒鐘從迎接你變作目送」，就算將個「送」字拖得再長，唱畢也不用十秒。只要唱這一句便好，我告訴自己。唱，我便自由，便進行了一場抗爭，成就了一場革命，可以為這文章寫下一個完美結局。

然而要跨越那個心理關口，遠比想像困難得多。無法擺脫的焦慮是，在這決定性的十秒鐘之後等著我的是什麼？也許會有香港旅客拍下這一幕，將我起底，使我成為網民恥笑對象。也許有日本婆婆嚇到心臟病發，影響港日關係。也許會有警察衝出拘捕。不知到時會否給我見律師？律師會不會聯絡我家？

阿媽淚會流。「枉我咁辛苦水壺咁大抱你返來，湊大你，供書教學，讀到博士點解會痴咗線？噢！」[11]同聲一哭。

變成瘋人，是一件好難的事。

但我要堅持。革命要堅持。列車從九段下開到永田町，我嘗試說服自己：不要怕別人將我當成瘋子，因為我真的不是瘋子。那些以為我是瘋子的人全都炒車[12]。他們不知道，我是在裝傻，最終目的是成就一件更偉大的事。

可這說辭無補於事。因為列車到達表參道的時候，另一個想法又將它輕易擊倒：假設我要對阿媽解釋，應該怎講？「阿媽，妳放心，我唔係痴咗線，而是在為人類更美好的社會奮鬥。」聽上去確實像痴咗線，不是嗎？

說不定香港街頭常見的「瘋人」，暗地裡全都是K（和我）這種人，也就是，自以為扮瘋人。

你也有見過的吧？看某男子突然神色亢奮，自言自語，時而向無人的街道破口大罵，時而拎著雞毛掃當警棍跳舞。你注視，你走避，你拍片，你傳給你老母：「阿媽，啱啱[13]我見到個痴線佬！」

Question：你有問過他是不是真．痴線佬嗎？他也可能是在搞革命，不是嗎？退一百步再問，真假重要嗎？真的重要嗎？陳雲是真瘋還是假傻，都唔重要啦。

正如Andy Warhol所言：「睇咩都好，如果你睇得太耐，我驚你會愈睇愈唔透。（I'm afraid that if you look at a thing long enough, it loses all of its meaning.）」

其實我心底入面都有點覺得K是真．痴線佬。

列車抵達澀谷，然而唱還是不唱，我仍拿不定主意，所以去就近的麥當勞。

補習老師在上課，西裝友在講電話，學生哥拍拖。

都是日文，而我聽懂。

---

11 編註：意指「辛苦將你拉拔到大，供你讀書還讀到博士，竟變成神經病」！

12 編註：炒車是「撞車」之意，這裡是近年香港網絡流行語，指被誤導、搞錯了。

13 編註：剛剛。

我向麥當勞姊姊要兩塊Shaka Chicken（Shake Shake薯條的炸雞版），她按指示落單。之後我又要水。食兩塊大炸雞，要杯水很正常吧。而且我確信這句話講得完美：「お水をいただけますか？」

她卻沒有反應。

「300 Yen。」她只說。

也許她聽不到。也許她在發夢，可能在思考麥當勞剝削她，可能思考無產階級革命。

也許我應該再講一次：「すみません。お水をいただけますか？」

但我沒說，我就這樣沉默地拿著單據，在櫃檯前等叫號，等到就將兩塊雞帶回坐位，Shake Shake，吃掉。

社會規範一個人吃Shaka Chicken該怎麼做，我就怎麼做。

好撚[14]口渴。

我開始反覆低聲念誦：「お水をいただけますか？」「お水！を！いただけ

ますか？」「お！水！を！い！た！だ！け！ま！す！か？？？」而且愈念牙關愈緊。

只是懦夫仍是懦夫，我的聲音壓得那麼小，竟好比哄嬰兒午睡。我想讓隔籬位的日本妹聽到但又怕她聽到，但她終於還是聽到了。那是一個穿高中校服的女孩，齊蔭的頭髮遮住左眼。化妝化到好似黑眼圈的右眼閃出一抹驚疑的光。

滿足感好似花瓣撒入水池，在我心頭，蕩漾。

這滿足感既非出於自由，亦非出於抗爭。它來自什麼呢？是復仇。是啊，我感嘆。是復仇。踩單車唱陳雲不也是出於這個原因嗎。爽，是因為夠喪[15]。你以為自己識日文好醒？[16]咁你又聽唔聽得明我講廣東話呀？吓？你班

---

14 編註：「撚」在這裡為副詞，以髒話強調「非常」。

15 編註：喪失理性的瘋狂。

16 當然麥當勞姊姊並沒有認為她識日文好醒，那只是我扭曲的自白。不要挑戰我。

師奶阿嬸平日行旺角shopping咁開心[17]？你知唔知自己阻住人送件呀？要扣錢㗎！香港地搵食好艱難㗎！

與K飲茶那天，他笑到拍晒檯。「哈哈哈，啲人真係全部靜晒。喊緊嗰個細路都唔敢出聲。驚我斬佢呀嘛[18]。我痴㗎嘛，哈哈哈哈。」

這是悲哀過阿Q的精神勝利法。

他還說：「阻住我吖嘛。你阻住我，我咪痴比你睇囉[19]。呃、嗚嗚！呃、嗚嗚！哈哈哈哈。」

But I know how that feel, bro.

我收起原稿紙，起身，仔細觀察印在垃圾筒上的指示，將托盤疊好，餐紙丟進回收箱，找回剛才的麥當勞姊姊。我用同一句話，向她要水。

「お水をいただけますか？」

「係。」她給我水。態度殷勤、專業、專注。她是無辜的，只是她的無辜和我的復仇沒有關係。我唔會放開呢個日本人。

在她面前我將水一飲而盡，然後做一個友善的笑容。我說：「紐倫堡審判您。」用的是廣東話，說得字正腔圓。

她愕然，但點頭，顯得樂於接受：「係！」

我也點頭，之後離開麥當勞。

今天天氣炎熱。烈日當空，而且無風。午後黃昏的陽光灑落在Shibuya Crossing的斑馬線。這裡是澀谷，這也是旺角。

我深呼吸。

---

17 當然等過馬路的不全是師奶阿嬸，不全是shopping的人，他們也不一定特別開心。這只是我擅自替K想像的扭曲自白。不要挑戰我。總之不要試圖挑戰我。

18 編註：啲人，那些人。喊，粵語的「哭」。細路，粵語「小孩」之意。此句覆述當時情況，語意中有得意之情。

19 編註：「吖嗱」為語氣助詞，在此有威脅意。指「你敢擋我路，我就發瘋給你看」。

西洋菜南街尋人記

廖偉棠

我現在在台灣林口，一個高地最僻靜的一隅，想起香港旺角最熱鬧的地方。窗外是初夏的雨滴瀝不斷，風從遠處的樹梢遛躂到近處的樹梢，然後遠離。旺角也有過極其稀罕的這樣寂靜時刻，下午兩點，西洋菜南街某個二樓書店，那人午飯歸來，拍著烏蠅。

最初是洪葉書店。有一把女聲，吊嗓子，清嗓子，然後來回書架之間，一唱三嘆來回斷續，依稀聽得是《蘇三起解》。「阿棠，你也聽京劇嗎？」她問。「我只聽過和現代音樂合作的京劇。」他說。「比如說？」「最近聽黃耀明《淫紅塵》，裡面洪朝豐唱的『良辰美景奈何天，賞心樂事誰家院』很驚豔。」「你竟然覺得他驚豔，哼……」

真是哪壺不開提哪壺，他那時才遷移來香港兩個月，從來不看八卦的他，哪裡知道洪和葉是兩個人的縮寫，是一對「冤家」。離離合合多少次，未知是誰心中仍然牽掛。日後，她也從來沒跟他說起這個浪蕩子前夫，只偶爾說起在大埔尾同居的文青歲月，京劇也許是他們那時的維繫之一。他記在心裡，腦補許多片段，後來還寫過這麼一首詩：

回到大埔尾，那裡有你們的八十年代
我想像的花果山、草葉集。
有人打功夫、練蛇形刁手，
晚上還做一個寫論文的農夫；
有夫妻對唱京劇，畫餅充飢，
後來只剩一個。

然後她獨自走到林村，
往許願樹上拋水袖，
樹上鑼鈸叮噹，螞蟻開戲了。
大樹死，他們弄來新的一棵，
那些沉重的願望不要再往上掛，
以後他們祈禱螞蟻啃噬生活。

打功夫練蛇形刁手的，是詩人王良和，大埔尾往事就是有一天詩人來逛書店勾起的。而她的回憶，是在他離開書店七年後，書店結業那天她跟也認識他的女記者說起：「曾有個少年店員，十多歲，從內地來的，應徵時給她一本筆記，說明自己已讀了幾千本書，『即是考我啦，哈哈！』她倒笑得響亮。但懂書如此人，也不夠，『個性很強，會對銷售概念有影響。不同的文化背景，內地的對美國翻譯書很有興趣，也有幾年很風行，但香港不會熱起來的。』這少年，竟在桌上放了三本，甚至一次，趁她不在，整張桌子放滿大陸書！」

女記者知道是他，善意隱名為「少年」……他跟書店的緣分只有一年多，期間他多次辭職她多次挽留，她還給他出版了在香港的第一本詩集，隨著魚們下沉，特意找了台灣的設計師設計封面。書店結業那一年，他接到了她久違的電話，要了他的地址，把剩下的幾百本詩集都送到了他家。

現在上網搜索她的名字，跳過無數她的前夫的荒唐史、懺情史，只找到一張她是以一個普通香港人接受採訪的照片。那是二〇一四年我們摧心折魄的那個冬天過去後半年，二〇一五年六月二十三日，新聞標題是「添美新村清場前夕女村民：留守至最後一刻」，照片是她微笑、疲憊、仍有點驕傲。這樣的執著是她的性格無誤，而總是先行撤退的我，多少次回來、走過這一批最後占領著政府總部前面行人道的帳篷，為什麼沒有和她擦肩而過？

一九九九年，那人和朋友們在西洋菜南街建立起另一家書店的時候，也沒有和一樓之隔的她擦肩而過。他仍然在一點去通菜街的大家樂吃午飯，他喜歡吃飯的時候讀一本詩集而不被侍應打攪，所以他不去茶餐廳只去大家樂。然後，兩點回到二樓的書店，拍拍烏蠅。

不同的是，以前他會播放The Doors，跟她的崑曲較勁。現在，他只播放Miles Davis，跟自己較勁。那張《Kind of Blue》，倒是他洪葉書店時期饒有意義的紀念品。那時有另一個穿著和笑容都很像現在所謂佛系青年的男子，常常在下班後攀上西洋菜南街這些貼滿新書封面（當然是他貼的）的窄樓梯，來找他聊佛陀、印度音樂和爵士樂。

一次，佛系青年盛意借給他三張自己的珍藏CD，一張《Kind of Blue》、一張Ravi Shankar的西塔琴專輯《The Sounds of India》，一張姜夔古曲古琴演奏……一個星期後，佛系青年說自家供樓出了問題，就是成為那人所不懂的「負資產」了，那人剛剛出糧，慷慨地借出了微薄工資的一半。

「我至今感激把這張碟借給我然後跟我借了四千塊錢然後失蹤了的那位騙子朋友，這四千塊學費交得很值。《Kind of Blue》是Modal jazz的經典，很適合入門，在你毫無反抗力的情況下把你帶到一個深遠冷峻的無人之境，可以說Miles Davis也是一位偉大的騙子……」二十年後，那人成了一個樂評人，在一篇樂評裡這樣感謝佛系青年。

但當年不是這樣，他再也打不通佛系青年的電話時，臉色刷白，無心工作。她拍拍他肩膀，說：「香港有很多這樣的人，也許他並不是騙子，只是一個沒辦法的淪落人。」日後，她的前夫成為眾矢之的時，她也這樣跟自己說吧？然後她又容納了浪子歸。

漸漸地，走上那條貼滿新書封面的窄樓梯來找他的人更多了，而且都是詩人、不是騙子。因為那人很天真的，在書與書的封面之間，貼上了他喜歡的詩人如龐德、里爾克的肖像，在肖像與肖像之間，貼上了他自己寫的和書店有關的詩。

有一天走上來的一個高個子，興匆匆握住那人的手，問他：「樓梯上的詩是你寫的嗎？你是西川？」他又尷尬又驕傲，他只是在詩的題目下面引了一句西川的詩而已。後來高個子帶他認識了他詩社的同人，再後來他們打算辦一間書店，就把從洪葉書店辭職大半年居家寫作的他，找了出來做他們的合作者。

葉小姐、桂好，如果沒記錯，在我們籌辦新書店前夕，我和她在洪葉書店的倉庫見了最後一面，她把她的書五折批發給我。後來，他、她、他們都漸漸從我的生命中失蹤離去，如果有一天我回到面目全非的西洋菜南街，貼一張尋人啟事，我能找到哪一個Ta呢？

我現在在台灣林口，中年最僻靜的一隅，想起在香港西洋菜南街我最熱鬧的青春。還有很多流火墜落，還有很多失去的夢在以那些冰冷的火取暖。

離開以後

騷夏

我還是想從離開以前開始說起。

第一次和慧沁碰面，是約在中環附近，等她下班從港大過來，一起晚餐，稍晚她就要去中環碼頭搭船回梅窩。

我和她交換「名產」，她託我帶了埔里的鈕釦菇還有百香果，她回贈我大澳蝦乾。我盯著那包蝦乾大傻眼，台灣只有蝦米和蝦皮，真不知道該怎麼煮。

慧沁後來給我傳訊，為了慎重對待百香果的味道，她準備去買兩桶家庭裝Häagen-Dazs回來配著吃，我這個台灣人更不解了，百香果在台灣是尋常到不行的水果，Haagen-Dazs的迷你杯在台灣的售價可以換十多個百香果，這個吃法實在太不符合比例原則。

是因為出版的緣故互加臉書，她的帳號把梅窩冠在自己的名上，可見她對居住地的執著，有人是是冠夫性、她是「冠地姓」。我對梅窩的印象，全來自慧沁：牛、濕地、農田、生態。坦白講，我只到過梅窩一次，台灣人去港觀光不外乎三天兩夜「買東西吃東西」，鮮少會往郊區走，那回我是掙得一日閒的觀光客，本想去大澳，從東涌搭巴士卻到梅窩，遙遙路途只記得一路暈車。

她每日搭船通勤中環和梅窩碼頭，下船後她會取自行車沿著梅窩鄉事會路回家，她給我看相簿，是一條很美的磚塊路，這次換她說我誇張：這種行人路磚在香港根本很常見。梅窩鄉事會路看可以看到牛，牛才是她想要給我看照片的重點：黃牛會主動來摩蹭討摸，還會跑來舔她的手，會友善地歡迎她回家。為此她決定戒牛肉，戒吃最愛的牛舌，她形容的牛，像是溫馴的大狗，和新聞上讀到的人牛衝突，很衝突。如果再講一件關於回家路上難忘的事，還記得什麼？「剛搬來的時候，梅窩鄉事會路兩邊都是野薑花田，後來一次水利工程剷平了，但那個香氣，我到現在還記得。」

再一次讓她聞到野薑花的香氣，是在台灣，嘉義阿里山，那是一次為自己安排的小旅行，她已拿到台灣身分證，台灣人口中的「新移民」。見她在臉書激動貼花照，我說：誒誒，野薑花台灣山裡很多啊?!

「可是台南市沒有，市區沒有！」她說她不習慣市區生活。

來自繁華香港，卻不習慣市區生活？這聽起來有些矛盾。

比人早幾年，她決定放棄大學工作的高薪，離開香港，移民台灣。怎會捨得離開？她想要離開的並不是香港，而是香港象徵的東西。我徵詢她可以寫她的故事嗎？她這樣回：妳是要寫一個傻瓜的故事嗎？「妳好勇敢」這些年她聽太多了，已經分不出是讚美還是帶刺。

因為「明日大嶼」計畫，整個大嶼山已經出現各種「土豪式」發展，幾番思量，已不是她當時參與的「守護大嶼聯盟」可以攔截。現實迫她一直自問：

守護大嶼山背後，自己對鄉郊生活的想像又是什麼？「我不想只做星期一至五的中產、六日上街抗爭的白領，其實這樣我的生活沒有改變，也沒有為自己喜歡的地方改變。」

不是沒想過繼續留下，「也想參考菜園村抗爭失敗後，有一批學者、藝術家用生活建構自己的理想國，當時我沒有找到志同道合的人，而且在香港開綠色友善餐廳，單是牌照、店租、裝潢成本我也負擔不來，私房菜不合法，基本上也不太可能經營，所以我才決定來台灣。」飄洋過海，因為投資移民的限制，很多鄉鎮的店面沒辦法辦營業登記，在台灣東南西北找店面找了七、八個月，她放棄了喜歡的恆春，儘管她認為恆春最像梅窩。

梅窩來這窩後來選擇在府城落腳，在台南熱鬧的市區開了餐廳「蝸篆居」，這三個字對台灣人來說有發音的困難的問題。她精心選用台灣的永續食材，「帶著想念」、「一切的初心」調理的煲飯、煲湯，也讓某部分登門消費的客人無法理解。為什麼香港人開的店沒有叉燒、鳳爪、燒賣或菠蘿飽？飲料沒有鴛鴦、絲襪奶茶還有凍檸茶？

讓她哭笑不得的還有店門口騎樓被違規停車、鄰居遛狗不清狗屎、廟會煙火沖天炮……

看她貼文，我常在電腦另一頭捏把冷汗。從觀光客的角度來看，台灣最美的風景是人，但是要和最美的風景比鄰而居，好比古都老屋簷滴下來的雨，只能點點滴滴。

點點滴滴不好說，就像是你問一個台灣人東西好吃嗎？最近過得好嗎？對方若是回答「還好」，那是代表不好。這些那些幽微，一如像我這樣一個南部人，最討厭被人說講話有南部腔、有「台灣國語」，鄉親們又是怎麼看講話有外地口音的她呢？有時候，我真不敢想。

對異文化的想像有限，多數台灣人認識的香港，就局限在香港他們三天兩夜旅拍照打卡的香港，台灣舌頭想尋找的香港美食鄉愁，和一個香港人的鄉愁有極大的落差。

六百萬的投資移民，單挑府城百年小吃，成本就很吃虧，「蝸篆居」從市中心民權路搬到東區外圍裕農路，市區感少一點了，房租降一點了，她說她會撐下去，直到撐不下去。

或許是消費習慣的問題，她是這樣觀察生意：「年輕人小資聚餐，愛吃洋食；中年人家庭聚餐，愛到熱炒店；長輩聚餐，要到有體面的中餐廳。我這種不中不西，看來文青又不完全文青的小店，大家不知道有什麼吃，所以只有熟客才願意信任。」那麼做預約制私廚呢？她實驗了，窒礙難行。她說未來暫時不知道，算來算去還是成本，成本問題。

是傻瓜的故事？還是勇敢的故事？由別人去說。

「這兩年我一直回頭問自己，我有做到本來想做的事？綠色餐飲、土地關懷勉強算有成績；港台文化交流，『蝸篆居』已成為台灣人信任的空間平台。」覺得自己不達標的地方呢？「我個人其實還沒有在台灣活得像已經在家裡，最懷念的，還是梅窩本來給我的環境，但我知道在那裡生活十年，就是培育出今天的一切。」耳疾是一個很大的警訊，逼她退守市中心，搬到台南東區外圍，有自己的後院，有土桂花、七里香，那種環境才讓她覺得自己在「生活」。

我帶著家人去她店裡吃飯，台灣食材、港式廚藝，到底是在吃什麼？煲湯使用熟木瓜、白木耳、南北杏、腰果來燉黑羽土雞爪，喝起來溫潤不燥。不久又看到她端出用台灣的有機荷葉包成的荷葉飯，裡面包著來自澎湖小卷還有大澳蝦乾。心中暗嘆，蝦乾是這樣吃啊，也終於明白，原來荷葉飯不是只有糯米雞一種想像。

我看到化為廚娘的她忙進忙出，這一手撐起的店：近乎潔癖的白牆，拼貼著磁磚，中西合璧風格，一如香港文化，她用這間店，撐出家的輪廓。

「蝸篆居」一如她背在身上的殼，緩慢，用自己的速度，像是煲湯需要時間。我想到慧沁曾寫給我的煲湯方程式：第一蛋白質、第二海鮮、第三植物、第四甜一點的植物、第五藥材，五大訴求缺一不可。

離開以後，她也不曾離開。

輯三

我城漫遊

在我城，不管是什麼街、什麼道，有什麼特色，記憶地圖下都能現形……

牛不能承受的輕

李儀

沒想到，大嶼山紛擾的道路，可以成為修行的道場。

更沒想到的，是不能言語、只張著大而亮的雙瞳看我的牛，一只只眼睛竟如照亮我心眼的盞盞明燈。道場和明師，原來都沒有限制，設限的是我們的心。

何來做維護大嶼山牛群的義務工作已十多年，她跟我說，這次香港電台電視的視點31訪問她，會有車沿著嶼南道拍攝牛。牛每天早上都要沿著一條長路散步、吃草，這是牛的天性，但有時被驅趕，我聽了難過，想去了解多點。然而，當車子來到塘福村外的嶼南道上，隔著馬路，看著對面的牛家庭父母和孩子，或靜靜地站著吃草、或乖乖地趴在道上，在牠們自己的世界中，我竟覺和我隔得很遠，在繁喧的城市中生活的我，那一刻竟不知道怎樣去接近一群來自原野的生命，想起何來說，人和牛本很親近，大嶼山出土的考古文物已證出，香港自銅器時期，人和牛已互相依存，只是，當我們不再需要牛來耕田時，竟把數千年的情誼完全忘掉。

那頭最小的、三歲的黃牛，聞著綠草的鮮香，和小白花百里香的香氣，嚼著甜美的草，愉快地漸行到路的邊緣，蹄踏到車路上，微微抬起頭來，看前方的世界，漆黑、渾圓的雙瞳中，映出一片混沌。

不遠處，一架很大的旅遊巴正快速駛來，我倏地一驚。

三年前，同一條道上，離這兒遠一點的長沙路邊，八隻牛被車撞倒，新聞片中，牛媽媽輕舔一條受傷的小牛，旁邊的牛眼角淌淚，後來，小牛傷重而死，另外七隻也傷重死去。

這時，巴士繞過一些，我才把心安住，聽說現在車都小心了，卻見小黃牛對剛才的險渾然不覺，只張著圓眼瞪著我們，我鼓足勇氣走過去，想伸手碰碰牠柔細的毛又不敢，牠卻只純純地看著我，不害怕，不退避，對我一點戒心也無。沒想到，不能言語、只張著大而亮的眼看我的牛，在擾攘如流水的馬路上，雙瞳如照亮我心的明燈，我終於用手輕輕撫牠細滑的毛，人渾身漾在溫柔明淨中。後來想，那一刻當我真切地擔心小牛的安危，不再只想著自己時，便是讓自己的心變美、變寬的起點。

抬頭看到牛媽媽專注地看小牛的眼神，於我竟是如此熟悉——這是一個母親的眼神。不管是人或動物，母親的眼神都是專注。沒有比母親看自己的孩子的眼神更專一。

再過去輕觸牛爸爸挺直的頭和壯闊如小山丘的肩背，我憶起亡父，他那剛直的脾性，一肩挑起兒女重擔的刻苦心懷，這可能便是我對牛有一種難以解釋的親切的因由。人和動物的情感是相通的，我們的心沒有不同，而此刻，因為牛，這一條道路成為我修行領悟的道場。

懷著澄淨的心，跟著拍攝車從塘福村到嶼南道長沙路段，到三年前發生慘事的道上拍攝，我看著何來面對攝影機，細說她做這義務工作的的挫折和每一次的重新振作，這也是一種修行，在俗世的艱苦中的修行。她總說自己做這義務工作是傻上了頭，我卻感受到她的苦心是源自愛，那怎會是傻呢？

一次又一次，她向政府建議在此建牛棚，她觀察了多年，知道這是牛群每天必經的路。有了棚，既為牛遮風擋雨，也讓牠們感到安全。在橫風橫雨，或行雷閃電時，牛會很驚恐，最易發生意外，或誤闖入村內，引來混亂。棚內亦可存放急救物資，現在急救牛的物資都在新界打鼓嶺，從那兒來這裡的車程要個多小時，而傷牛的黃金搶救時間只有首二十分鐘。這兒也較近民居，牛還是習慣近著人，只是帶一點距離地近著，牛便安心了，還有最重要的，是牛對這道路有難以忘懷的感情——

我行到給遊人遮風擋雨的亭上，看亭柱上不同宗教為八牛亡靈祝禱的經文：道教的、天主教的，回教的……再到道上聽掛在樹上小機器播的佛教誦經聲，隔幾棵便有一個掛著，是在慘事發生後，善心人來掛的，還每隔一段日子來換電，讓來這兒的牛細聽，誦聲低低的，伴著不遠處的海浪聲，一聲聲，聲聲慢，聲聲入耳，向無始無盡的生與死……

八牛逝去後，何來與離島地政署花了兩年時間努力在嶼南道上覓地建牛棚，離島地政署非常支持牛棚計畫，地也準備批出了，卻要得管動物的漁農自然護理署、我城唯一保育物種的政府部門同意，可一次又一次、一而再、再而三，漁護署次次拒絕，理由是無此法例、無此政策。

海面的浪一下一下地拍打著沙灘，我想起在不久後，這兒計畫興建第三條機場跑道、港珠澳大橋和高鐵等龐大、複雜工程，不知是不是已有第三條跑道、港珠澳大橋和高鐵每一路段的法例和政策，以及第三條跑道可能引起的空域擠迫防危機、防災難法……

世間法和政策，本來沒有，通過人的思量才出現，因為人渴望依這些保住重要的東西，比如生命：人和萬物的。印上法例和政策的紙張，一張張紙，雖輕飄飄，卻應該負載最寶貴、珍重的生命、那不能承受的輕。

我懷想著小黃牛，今早牠用小小的角摩挲我的手臂，在我毫無準備之際，我不期然笑了，沒想到牠會用這方式試著親近、了解我這個陌生人，牠，又怎知我會怎樣對待牠呢？也許牠真的還小，不知道有時人會輕賤地傷害牠，用石頭擲，或以燒烤叉刺戳，或在不覺中傷害牠，好意給牠一點食物，卻有點輕率，沒留意人愛吃的不一定適合牛的腸胃，而牠更不會知道肩負著自然護理重任的官僚，是如此輕慢……小牛單純地看著人，是的，牠不知，牠還小，而我總是相信，即使牠知道了，牠仍不會與人決絕，牠的心靈仍是清淨的，人世間的塵，牠未沾上。

如有興趣知道更多大嶼山的牛的情況，請看「大嶼山愛護水牛協會」的臉書專頁。亦可上網搜尋：香港電台電視的視點31節目「大嶼山興建牛棚或保育中心的可行性」。

擊壤待渡

李顥謙

也是心血來潮，突然想起元朗還有什麼平民食店。比較記得的還是專賣餃子麵線的梁記。長年住在元朗西，第一次留意這間麵鋪卻是因為初戀女友無意的提起；後來有另一個女孩，在吃麵的時候送了一串自己穿成的珠鍊給我——她就成為了我現在的女友。六月的時候，我還在梁記對面的沖洗店選了八十多張的相片，給她製作生日禮物。

如無意外，擊壤路極可能是我人生第一條認識的街道。四五歲那年，與母親乘坐的士，路過元朗大球場。紅綠燈號旁，我直看那佇立的藍色路牌。牌上寫有三個大字：擊壤路。我問：「媽，呢條街係未叫做擊壤路呀？」司機與她同聲竊笑。出醜事小，意外地記認這個陌生的字卻是事關重大。自此，我對「壤」一字有所印象。若干年後，當我看見「土壤」這個詞語，最先讓我想起的仍是「擊壤路」街道的名字。

擊壤路的名稱源自一條已消失的元朗村落，命為擊壤村。「擊壤」一詞源自那首「日出而作，日入而息」的〈擊壤歌〉。而我更關心的是，「壤」字與「壞」字何以這樣容易混淆？我曾經無聊地想過，可不可以像「土壤」一樣將「土」字與「壞」字組合成「土壞」這個詞語？

可以肯定的是，擊壤路絕不能是壞路。夾在擊壤路與擊壤路熟食市場之間的安達坊空地，是一個巴士總站。它是整個元朗西最大型的公共交通交匯處。元朗西的居民若要尋路到九龍港島，而又希望遠離港鐵的擠逼車廂，就得安坐在這幾條路線的巴士上。芸芸諸條巴士路線，我最熟悉的就是往銅鑼灣天后的968線。二〇〇三年以前，西鐵還沒有通車，元朗居民要出入港島不得不乘坐968線。從當時我有限的地域認知，968線的目的地比起往紅磡的

268B、往觀塘的268C、往沙田的269D都還要遠。每逢大時大節出門，父親就會帶我們一家趕搭巴士。若不幸巴士誤點或交通堵塞，他都必定鼓躁不已、咒聲連篇。但無論如何，這樣子耗時費勁地出門，往往就像旅行一樣，不禁令我這等內向男孩心生嚮往。當車子駛上公路，窗外陰鬱連綿的山景就壓在眼前。樹叢開出無盡前路，過盡村落、河田、平房，平日無法看到的岩壁就震懾小朋友的記憶；也因為駛出元朗附近的公路旁矗立了早期形式的防音板，我能夠在轉瞬即移的板壁上，認識到竹樹圖案的形狀。

然而擊壤路旁、實際坐落於安達坊的巴士總站真的可理解為擊壤路的巴士總站嗎？如果擊壤路僅僅只限一條馬路的範圍，位於安達坊隔鄰的擊壤路熟食市場，不被命名為「安達坊熟食市場」，而是「擊壤路熟食市場」呢？打開Google地圖搜尋，就無可避免陷入了地域命名權力與關係的迷思。我可以像《地文誌》作抒情的考古學，抑或以《地圖集》、《博物誌》的後設小說方式了解這條街道嗎？

擊壤路熟食市場有很多大排檔。類似的店家名字很難記，但我可以肯定其中三家是池記、學記與好運來。學記好像沒吃過，但老闆可以賺到在大型美食廣場進駐；好運來好像跟中學同學吃過。那時一班人喝喝鬧鬧沒頭沒腦，吃過醉過的都如事後菸一樣，毫無印象也是正常不過；但池記就真的沒可能沒有印象了——這全因為父親曾在這裡跟其他食客爭執。幸好當時我年少不懂性，不會臉紅也不會知道真正的「醜」字是怎樣寫。留在我腦海內的就只有鍋子的炊煙，與浮游在肉菜上閃滑的油光。

粗暴野蠻的叱喝聲，卻總是在生活的房子中揮之不去。踏入青春期，我習慣耳朵插著耳機，調高庸俗的流行音樂。而我也不過是想家中的環境可以寧靜一點而已。後來我就慢慢有了坐車聽歌的習慣。當968線駛出擊壤路，手提電話就播出《春光乍洩》的〈Cucurrucucu Paloma〉。耳邊突然察聽伊哇蘇瀑布上空的鴿叫聲，藍色的水流就漸漸浸濕整個視野。

有時我倒想問問死去的阿爺，當海員的滋味是怎樣。在那些離鄉別井而有家不歸的日子，看海的他會非常孤獨嗎？我只知道，他愛抽菸。而我出生之後，他常躲藏於元朗街頭、舊樓樓梯口窺看成長中的我。我記得阿嫲會指著他，凝重地對我說：「唔好理佢。佢係乞兒公！」那時我又怎會知道，自己的親生祖父，與擊壤路那些衣衫襤褸、混身污垢的露宿者有分別？

如今，擊壤路再沒有披頭散髮、黝黑沾塵的露宿者棲居。而終究沒有和好的阿爺與阿嫲，都先後離世。雖然我們明明祖藉寧波舟山，而阿嫲總會說：我們是上海人。這是因為大家都會說上海話的緣故嗎？寧波人也好、舟山人也好、上海人也好、甚至香港人也好，故鄉於我而言亦只是異域。我，依舊每天要在這片敗「壞」的土「壤」上生活。只是當我偶爾路過擊壤路的梁記時，我會忍不住想吃一碗上海麵。

啞火

黃裕邦

街道就是回憶摺疊出來的現在。

＊＊＊

中五那年，由香港仔居屋[1]搬到炮台山道私人屋苑，我初嘗到向上游的滋味，不再和家姊同房，不再睡碌架床[2]，樓下就是超市，甚至行路時步伐也是

1 編註：指居者有其屋，為香港公共計畫所建築的公有房屋。類似國宅。
2 編註：指雙層床。

漲大的音符。

＊＊＊

小狗的腳步是碎碎的輕拍子，牠底盤低，屬短腳族，陪我每天在炮台山道散步兩次，那裡是牠的宇宙。牠不聽故事，但喜歡陌生人問路。

＊＊＊

那裡是學校區，我會考高考地點差不多全都在寶馬山，沿炮台山道上就是。回想，炮台山道也只不過是一條功能性的街，供人短暫停留，在這裡上學的會回家，在這裡住的會離開，去尋找一個像時間的念頭。

＊　＊　＊

「……搬走會怎樣？」

「就很難回來了。」

——葉覓覓，〈我錄她〉

＊　＊　＊

回想，高考時有一個男生常常坐在我附近。後來他應該在銀行上班，因為他每天打呔[3]穿西裝。後來他會常常拖著同一個女生，他應該結婚了。

＊　＊　＊

3 編註：指打領帶。

功能性強的東西是操縱，也是種密謀的快樂。

＊＊＊

大約一年前，有一個瘋子常常站在炮台山道抽菸，他頭髮很短，身型比較胖，穿拖鞋，不洗澡。有時他會靠著超市的玻璃或金文泰中學的外牆沉思，有時他會大叫大嚷，重複著同一番話。我見過他深夜在街上掌摑他媽媽。

＊＊＊

午飯時間，總會有學生跑到超市買些沒營養的東西，並用普通話討論買哪款烏龍茶。

＊　＊　＊

住在這裡廿年多了，我開始懷疑我是在時間裡罰跪，等待某些人某些東西老死。

＊　＊　＊

沉思是種密謀的快樂。

＊　＊　＊

幾年前，認識了落差，耳朵開始聽不懂東西。落差人品一般，討厭縮寫，和我一樣是水瓶座，看不過眼的總要說出來。

＊＊＊

如有需要，我會把說話重複的說出來。

＊＊＊

一六年某下午，人在銅鑼灣，在手機上看到N在英皇道我家附近拉票，我馬上坐巴士趕去，想對他說「加油」。我們聊了幾句，他記得我。

＊＊＊

之後我沒有回家，而是折返到銅鑼灣。多年後在台北寫了封六七頁紙的信給他。兩個下午，我沒有喝咖啡，也沒有恰當地吻過。

＊＊＊

落差說在不期待對方回覆而彼此又不是太熟時寫的信很像一封情書。

＊＊＊

能在自己家的街頭恰當地吻過是一種權利、福氣。

＊＊＊

一七年除夕，我獨自在家。突然「砰」一聲，對面大廈的住戶統統在窗邊往下望。兩個鐘頭後，跨年煙花開始了，我只聽到煙花的聲音和迴音，那個看不開的仍被帳幕蓋住，負責倒垃圾的工人在旁如常工作。

* * *

早上有時間，會對著鏡子說「可以老，但不要醜得像一些人的理由」。我想起在寫給N的信裡，我引了一句歌詞，歌名是〈推開世界的門〉。

* * *

一直以為那個看不開的會是那個瘋子，直到前幾天下班回家，遇上了他和他媽媽兩個人倚著路旁的欄干，看著無數的私家車模糊不清地駛過，角度很一致，背影很安靜，彷彿各自的記憶都化成同類。

石圍角的那條斜路

馮敬恩

究竟這條路叫什麼名字，我沒有研究過，正如我永遠記不得家住的大廈的看更[1]是怎樣稱呼，卻又每天朝他點頭打招呼一樣。這條連結石圍角和綠楊新村的斜路，曾經是我每天必經之路，引領我通向今日的光景。只是我實在想不起它從何處來，亦無意去找尋它的名字。既熟悉又遙遠的感覺，是讓人最舒服的狀態。

中學的時候，我經常走在這條斜路之上。記得初中時，因為身體體弱多病，

1 編註：指保全、警衛。

所以常常戴口罩，很少與同學交流。以致中一升中二的暑假，我的Nokia電話幾乎沒有響過，亦無收到過任何訊息。幸而在中二時，我認識了至今仍然非常友好的兄弟。這個小群體，從人少到人多，到有人短暫加入後離開，到有人輟學離校，經歷風風雨雨，始終如一地每天走在這條斜路上。每天放學，我們就會踏著這條大斜路，往網吧方向直奔，心中所想的就是信長和魔獸世界火影忍者地圖。當時的英皇娛樂廣場還未易名，在蜜瓜和I-one接待處工作的，仍然是青春日系女生。每次在網吧玩得樂此不疲，花光了當日的零用錢，我們又會抵著黃昏的餘暉，走上這條斜路，踏上回家的路途，路上談的盡是對我打機[2]技術的埋怨和檢討。

每到中午飯的時候，我們都會走在這條斜路上。這條斜路，不是一般的斜路，它是一條機關處處的斜路。沿著對於都市人來講陡斜的地勢，有數間食肆依坡而立。最讓人難以忘懷的一間，便是我們的同學家裡開設的粥檔江記。裡面的食物除了十數元有交易外，還有一個身材姣好的女伙計，以及一位聽聞是股東之一，長年穿著反領襯衣和人字拖，經常關心眾人家母的阿叔。

「去唔去威利啊？」

「去江記啦，今日Gel左頭[3]啊。」

「咁今次記住要同個姣婆落單啦[4]！」

「得啦，仲俾人屌唔夠咩[5]？」

「八位啊唔該！」

「等等啦，屌！」

每天走著，笑著，互相揶揄著，一個愉快的午飯時間，很快就會溜走，除了那次。那次我不小心將沙爹牛肉麵打翻，湯汁濺到了白色的長褲，將之染成

2 編註：指玩遊戲機。
3 編註：指用髮膠整理頭髮，在這裡是外表經過打扮之意。
4 編註：「姣婆」指拋媚眼水性楊花之女子，在這裡指上文的女伙計。
5 編註：屌是粗話，「幹／操」之意，在這裡指被罵娘的阿叔罵。

了咖啡色，狀甚嘔心。朋友只好湊出一百好幾，沿著斜路旁陰暗的樓梯拾級而下，到一間同樣陰暗的校服鋪去為我買一條新的褲子。買來之後，我再沿著樓梯到廁所去更換褲子。途中，這條斜路和樓梯是我走過最漫長的道路之一。

很快一年過去，領滙收購了石圍角商場，校服鋪是率先結業的鋪頭之一。想到這裡，突然很想引述阿叔的一句，關心關心民主黨人的母親。之後升到了中三，我不小心考進了菁英班，與兄弟在上課時分道揚鑣。不過慢慢的，我們都發現玩樂只是一時，「求分數」才是真理。加上當時需要根據成績來分流出我們高中是主文科、理科還是商科，自然人人都不敢怠慢。於是，雖然我們依舊地走在這看似一望無盡的斜路上，但是去的地方已經不是密瓜和I-one，找的亦不是那些日系女生了。我們走在這條斜路，一邊檢討著剛才做錯了的因式分解，一邊在背誦西方啟蒙運動的思想家，目的地不是英皇娛樂廣場，而是英皇以及現代教育[6]。回想起來，當時的肥蕭仍然是中文王者，《檸檬茶》是他的成名作，而教授英文的安多莉亞仍然是非常年輕。丫丫林的崛起，已經是後話。

接下來三年的高中生活，都是沿著這條路往外奔。時而補習，時而參加不同的聯校活動。後來升讀殖大，就甚少走在這條路上了，加上過了一陣子在社會上風風火火的生活，也就更無暇了。

就在去年這個時候，我又踩在這條斜路之上。那時候沒有背著書包，肩上的重擔諷刺地未見減少。拖著疲憊憔悴的身軀，這條斜路好像更陡斜了。旁邊的食肆輪替不息，只有江記仍然屹立。只是姣婆不見了，剩下那位中氣十足的阿叔。我鼓起勇氣，點了當時不是經常吃得起的五香肉丁炒飯，還加了杯凍飲。選了靠近路旁的卡位坐下，看出去斜路，只見穿沙灘短褲的女生還未絕跡，心裡暗感欣慰。

望著那盤炒飯，我怔了怔，回想起過去的種種。其實，都不過是希望吃頓安樂茶飯，人人有飯開，家家有屋住，而已。

---

6 編註：為香港的大型補習社。

「埋單！」

我吃沒兩口，放下五十元在桌子上，便推開江記的大門，又踩在那塊我已經走了十年的地磚上。這條斜路從何處來，姓什名誰，將來我要往何處去，其實真的都不重要。

城南道夏娃

王樂儀

前一晚菲菲姊叮囑夏娃，初次到埗打死都要穿得鬼火噤靚，嚇一嚇其他同事，特別人已三十多歲，不夠後生來，也要輸人唔輸陣。然後，又是那一句，行規是不得跟客人親嘴，親一親萬劫不復，永不翻身。

夏娃選一套黑色絲質貼身裙，低胸，裙兩邊微微開衩，露出她不長不短的腿，白白的可又不算很滑很滑。高跟鞋穿得多，小腿有幾條青筋爬跌是平常不過的事。記得菲菲姊那朝早又來電提醒夏娃，看到順興的大招牌就記得喊小巴佬有落，小巴佬不會拐彎走橫街，通常在順興附近落客，有時候裝聾，索性載你到黃珍珍接客才放人，要人多走路。

「城南道有落。」夏娃看到維修中的順興招牌，有竹棚牢牢圍著。不知道小巴佬聽不聽到，可是她聽到反覆回播著的電音版〈酒杯敲鋼琴〉，強勁節拍之下他沒有揮手示意，於是她踏著那對銀色閃石高跟鞋，在高速奔馳的小巴裡面勉強站起來，乘風破浪，要他看見。

「聽到啦！」小巴佬不耐煩地回話，經過一間小食店不久就停車開門「呯嘭」一聲。夏娃匆匆拖著她的行李，金色直紋行李箱是在日本公幹時買下，裡面有她最愛的護士服和比基尼，她曾經打趣跟客人說聖經裡的夏娃沒有戲服可換。行李還未完全著地，小巴便疾風而去。

夏娃拖著行李，喀喀喀喀，一轉角是一間泰國雜貨店，有衣服、木匙羹和藥用草球，前頭躺著一隻大狗。夏娃摀住胸口彎腰，摸摸狗的額，牠旁邊有幾個泰仔蹲坐著夾著摺台上的烤魚。其中一個眼睜睜地看著夏娃，她的假眼睫毛，羽翼一樣拍啊拍，拍得他有點神魂顛倒，厚厚嘴唇不自覺張開，後來她知道他叫阿B。一踏足就得到大家青睞，夏娃走上來更加花枝招展，由街角走到二十四號，兼顧著婀娜姿態，踏上一級級磨蝕了的梯級，經過一隻反肚蟑螂，依著熟悉的粉紅光管走進去。

「你就是菲菲介紹的夏娃。」大姊似乎沒想像般惡形惡相，夏娃覺得她應該是個好包租婆。

「正是。」輸人唔輸陣，夏娃記得。

「這是你的房，最旺那間了。如果有東西未搬，可以給錢樓下的泰仔賺，幾百蚊，什麼都包辦好。」夏娃覺得自己吃了虧，昨天才預約了搬運公司，三件傢俬二千元。大姊帶夏娃到了樓梯口的一間房，對出便是鐵閘，大概用來把她們幾個姊妹和樓上的居民區隔。大姊仔細給她解釋各項房規之後，便放下幾個紙牌和幾枝粗頭墨水筆，是對上租房嫩口吉蒂留下來的。她在紙牌上寫上「大波夏娃」四字，然後加幾個心，慢慢為明天的工作準備妥當。飽暖思淫慾，夏娃決定一切勞動開始之前，要先去吃一頓開工飯。想不到一開門就有客，青靚白淨的青年，在門前猶豫不決，站在緊閉的鐵閘前低頭忙按手機。「靚仔，我明天先開工啊。」夏娃把她的名牌掛在門前，大波夏娃。

走到樓下又見到泰仔阿 B 拖著大狗散步，正正在樓梯對出的位置停泊，大狗的舌頭伸了又伸，一直往樓梯裡望的阿 B 與夏娃四目交投。這麼巧，夏娃心想。

過了整整一星期仍然人生路不熟，夏娃只會來來去去到大德茶餐廳吃早餐吃飯。餐廳沒有晚飯時段。一到下午五點半便開始趕食客離開，讓一家泰國人來接手，把牆上的餐牌反轉一下子變成了泰式燒烤，番茄碎牛通換上泰式串燒拼盤。老闆娘跟這家人夾租了兩年，租金攤分，上半日茶餐廳，入夜後便做泰菜，河水不犯井水，互相分擔租金而已。有晚夏娃想叫個炒公仔麵摸了門釘，遇到那個泰國女人，不知男還是女，但很高很美麗。

這條街的人都知道她是姊姊仔，不論泰國還是這裡出生的公公婆婆都見怪不見，只不過是街坊街里，而阿 B 卻常常含情脈脈。每次老闆娘從閉路電視中看到警察來抄牌，提醒自己餐廳的食客後，也提醒夏娃那邊的客。「抄牌啊！

有沒有人有車泊在外面。」重複一兩次，有時就有食客從樓上跑下來，口裡啃著沙爹牛，牛那樣奔跑，卻趕不及在警察放下告票前駛走。有時阿B又以他獨有的廣東口音喊，抽牌啊。聽著聽著，夏娃眼前大汗淋漓的男人面露疑惑的神情，盤算著今天多花了多少錢，三百二。幸好還未加價到四百五，他和夏娃做一次也只不過六百。

「阿B有沒有又在你門前等你啊？」老闆娘放低一客西炒飯，向夏娃問到。

「是啊。可還是沒有進來，比那些大學生還要膽小。」

「跟你做一次也沒了六百，他幫人搬次屋才淨袋三百，新年又要寄錢去泰北。」

「那麼誰體諒我啊。」夏娃吃著的西炒飯，老闆娘也繼續收銀。地上的貓依舊躺在太陽打下來的光影，尾巴擺動，想著些事情。

夏娃回去的時候又碰到阿B下樓，看到她尷尬地咧開厚厚的唇，唇色偏啡褐色，渾圓豐滿的果實。他又來徘徊不敢按鐘仔，然後佯裝幫忙清潔樓梯又回去。現在想必正要走去對街的泰國公社那邊訴心事，最後弄得全城南道的人都知道。阿B是不是喜歡夏娃。

「阿B，不如你幫我買盒避孕套，適合你的尺碼，我轉頭給你付錢。」夏娃藉故挑逗他。

阿B走向藥房的時候心跳加速，燒熱紅統統的一張臉。老鼠還未前來偷藥，痴肥大貓在玻璃櫃面任由師奶們擺布，看了看阿B又別過頭盯著捉住牠尾巴的大嬸。「阿B，發燒啊？」幾個藥房仔看到他走到擺滿避孕套的層架前，大家心裡有數。阿B比貓好玩，大家輪流都取笑他。阿B發燒了。

阿B邊走著回程路邊怪自己的衣服太輕太薄收納不到什麼，手執盒裝避孕套沿途就碰到洗衣店行叔又碰到拿著一大束斑蘭葉的娜玲，突然覺得這條街好長好長，比他們口中的九龍寨城難行。排除萬難上了樓，卻驚覺夏娃身旁已站著一個客，吸口菸又通著電話，中年西裝友，從地產鋪走過來的。「有。兩間房，廳特別大，非常適合你做生意。」他邊談邊進了房，夏娃從阿B手上接過避孕套後，付過錢後又很不好意思地關上了門。

那個下午之後阿B很久沒有在那幢樓出現，大狗也沒有再散步，只是坐在街口搔癢，追滾動的膠樽。夏娃有時開門跟客說過再見後若有所失，適逢潑水節也沒有心情跟姊妹去湊熱鬧，只是望出窗外看到街上什麼人都有，外國人香港人泰國人，他們拿著水槍和一盤盤上過色的水，一發不可收拾，一張揚將整群人染了粉紅。僧侶自得其樂在對街撥扇，她吸一口菸又把煙圈吐出去。「夏娃！」姊妹們又在門外叫嚷，勢必要潑兩下水一洗頹風。

夏娃夏娃。喊到她心煩，直到一開門看見一身濕漉漉的阿B呆呆站在面前，粉紅水珠逐串從他髮尖落到臉上落到他輕輕噘起了的嘴，她又安定了一點。

新樂街

袁嘉蔚

爺爺嫲嫲*都走了，家人按嫲嫲遺願決定賣掉房子，交樓前夕重回房子，大力呼吸，想記住嫲嫲的氣味。房子在新樂街的一幢唐樓，小時候跟著媽媽叫那裡做新樂街，一直以為嫲嫲的家就叫做新樂街。

唐樓地下是一間士多，經常一位男孩胡鬧著，他是我的幼稚園同學，姓李，其他的我也不怎麼記得了。

撐過三層樓梯，最後一次走進嫲嫲家，她的氣味依在，是老人擅伴混白蘭花。我坐在床上，撫著硬蹦蹦的床褥，記得小時候是爺爺帶我的。每日最快樂是跟爺爺一起躺在床上，用小腳丫貼著他的大腳丫，用力來回踏著，這是屬於我們的小遊戲，遊戲叫做「踏單車」。

房間牆紙是後來貼新的，那時候手總是癢癢，等待入睡的時間很磨人，於是都喜歡側著身體，拚命撕拚命挖，嫲嫲每次見狀，都嬲怒非常。

有人說味覺和嗅覺很難存在記憶之中，至於新樂街的氣味，我有努力把它擠到腦袋裡去。賣掉房子，可記憶不走，又害怕再進不了去，於是隨便撿走些東西，拿走幾隻萬壽無疆、小籐籃。再見。

真的再見了，新樂街。

這是一個不懂寫詩的孫女送給嫲嫲的詩：

〈花婦人〉

---

* 編註：奶奶。

在自己耳畔放一瓣白蘭
像你一樣
盡力呼吸思念的氣味

黑色沙發彷遺有餘溫
還剩多少
呼嚕鼾不走十年前的溫度
那個愛穿花衣裳的身影

案上假桃花不曾落下
生命的瓣兒卻凋零
但馥香在心坎裡縈迴
裊裊

花婦人
一瓣白
又是一瓣紅

界限街的花、書法和我

陳偉森

西起彌敦道交界，東至火車橋的的一段橫街，好像是被世界遺忘了的角落。街隔開了花墟和大坑東，兩旁籬笆外都是廣袤的草地足球場，視野看來特別開闊，令人有置身草原中央的錯覺。

說是錯覺，是因為這街是連接東西九龍的交通要道，來回行車噪音總是不絕於耳。說穿了，這一帶沒有商鋪也沒有車站，路上只有零落的行人。不看路牌，大概沒有人會記起它那歷盡滄桑的名字——界限街。

以下說的事情，是每人上課都學過的內容。一八六〇年，北京條約簽訂，清廷將界限街以南的九龍半島割讓英國，從此這條街道才有了名字。在港英租借新界之前，界限街上曾築起一道木籬笆，分隔兩地。這是香港的柏林圍牆，卻比柏林早了大半個世紀，見證著一個時代的鄉愁。界限街以北的花農每日把種來的鮮花帶到這裡擺賣，是為早期的花墟。之後籬笆拆去，有了花墟道，賣花的生意隨之搬走。

界限街的歷史意義到我這一代就湮沒了。沒有人再感受到它的芳郁，沒有人站在這裡遙望故土。到今天，它可能也見證了另一種鄉愁，一種不知道鄉在何處的愁緒，這是後話。

撇下歷史包袱，關於界限街，我的情結是一輪滿月。偌大的，剛好懸浮在街的盡頭，高上地平線少許的半空。那是童年的時候，我停在街角駐足凝望，直到母親的手牽著我離開。那是我見過最大的滿月，至少在記憶中是這樣的。

月亮的事，我一直以為只屬於自己回憶中的景象。過了很久，才發現其實和另一片集體回憶的風景聯繫得上。小時的我，當然不知道這小段界限街是一路往九龍城延伸，直到啟德機場為止。沿途所有樓宇都設有高度限制，一來讓飛機降落，湊巧也給了月亮停駐的夜空。所以，當人談到飛機剛好在天台上空畫過的風景，我心中也存留著那輪低得彷彿能摘下來的月。

我人生最初的幾個年頭在界限街一帶過去。母親每天帶著我接送兄姊放學時，總是途經這街，日復一日。周末的傍晚，我們會到花墟公園騎木馬、盪鞦韆去。夕陽西下，餘暉照著公園的紅磚牆，和兒童攀架的簷篷。那彷彿成為了童年的意象，象徵著某種沒有時間干擾，永恆的寧謐。

有一段時間，火車橋下寫著一幅歪斜卻別具行氣的書法。在我意識到是誰寫的字後不久，它被抹去了。我有時仍想，也許幾歲的自己在鞦韆上搖曳時，那位老伯也孜孜不休地在失落的領地上留下痕跡。他叫曾灶財。

可以的話，我也希望像他一樣，在這街上留下自己活過的證據。但正如這座城市沒有留住九龍皇帝一樣，這街也沒有留住小時候的我。遷過幾次居，丟失了太多重要的夢後，我終究意識到，這條街道留不住過去，無論是歷史、花卉、已逝之人還是我自己——最終只留下讓我們追憶的街名。

堅道以下荷李活道以上

黃大徽

伊利近街是我童年以至少年的快樂和陰影所在。

在成為蘇豪的伸延和中環天梯的站口前，那兒只是尋常街道，最大特色可能是與半山[1]毗鄰，有種富貴在望的與有榮焉。

從堅道一端往下走，左邊曾是間裁縫店，我舅舅開的。

風水師傅說鋪頭與小巷相沖，得起個非一般名字，於是叫做旋風，只是更離奇的名字，最終也敵不過時代滾滾巨輪，八〇年代手作業開始式微，舅舅把

1 編註：指太平山山頂至中環區的地段，為高尚住宅所在地。

心一橫，以熟齡考進政府當辨公室助理，別人封刀封筆封咪[2]，他封針至今。

斜對面的唐樓住了阿姨一家，是我不少暑假的寄居地，年復年隨著賀爾蒙的增生，與表姊弟們打成一片。姨丈是個老實人，對我參考海灣市搖滾客（Bay City Rollers）的打扮頗有微言，說得最白的一次，是「裝扮也要顧及別人感受的」。

數步之遙現在是個花園，從前是間大屋，我許多第一次的案發現場，譬如站上木凳用火水爐[3]去煮一個麵。

大屋門外有長巷，走進去後分地面地庫兩層，最高紀錄共住了四、五伙，每伙有三至六名孩子不等，加起來活脫脫是個小人國。

許多年後，讀到南美的魔幻現實主義小說，我經常想起這大屋，那個可窺看樓下的地磚破洞、家具齊全但不得擅進的空房間、只會現身對我二哥微笑的遠房親戚幽靈、但凡洗米就變臉自言自語的王太太、隔鄰潮人生命堂把幼兒塞進甕裡養的傳聞，以至按照季節時令出沒的巨型蜘蛛巨型蜈蚣和巨型檐蛇[4]等等。

是的，因為年紀小所以一切都是巨型的，就連有次走進現在的花園，也忍不住呢喃了一句：怎麼面積這麼小？

走的走，搬的搬，大屋後來被廢置，然後在某夜起了一場火，從此灰飛煙滅，遺下隱隱約約的回憶。

往下走不遠處是伊利近街平坦的一段，如果短短一條街都有煙花之地，這兒就是了。

士多有兩間，一間叫樂園，一間叫養記，前鋪後居，事頭婆都不好相與[5]，嚴守貨物出門恕不退換的規條。小朋友喜歡去碰運氣抽紙牌籤，大人喜歡去租

2 編註：指停止主持電台節目。
3 編註：指煤油爐。
4 編註：指壁虎。
5 編註：意指「老闆娘都不容易相處」。

麻將麻將板。

過一點有茶居名貴如，地面油漉漉，獻汁杰撻撻[6]，門口有張淡黃色大圓檯，每早清晨六點，街坊準時雲集高談闊論，吹水吹上雲霄。外賣得自攜器皿，味道一般以下，但在即食麵尚未飛進尋常百姓家的年代，末路也是路一條。

順勢而下，拐個彎就是永祥，兼營茶餐廳的燒臘店，老好的早餐通粉用忌廉雞湯開稀泡製，而且永遠不忘下幾粒雪藏青豆。小學雞愛唬嚇，同學說到餓鬼舔叉燒，我第一時間想起永祥。

永祥和貴如一樣，老街坊的讀音有別於外來人，永祥是永（搶），貴如是貴（淤），就像附近的堅道，是堅（島）而非堅道。

穿過士丹頓街向下的一段伊利近街，曾幾何時排檔連綿不斷，是香港比較罕見的斜坡市集，而且因為是中上半山最接近的街市，每天早上都有若墟期，濕貨乾貨夜冷貨，修補印刷洗染房，檔主有些兼營房產經紀，熟客有時則會客串坐陣，讓檔主去行個方便。如今走到盡處，一邊有民園麵家，另一邊有從卅間搬過去的綠葉糖水，算是那些日子的最後見證。

再下去就是荷李活道，我在那兒完成小學，三十年後回去再住了七年，但那，已是另一個時代的另一些故事了。

6 編註：「杰撻撻」即非常濃厚，在這裡表示不美味。

西樓角路上的天橋

黃敏華

雖然荃灣地鐵站建築在西樓角路上，但從荃灣地鐵站出來，看到的並不是西樓角路，而是天橋。遠遠看去，首先會見到幾重倚在天橋欄杆、湊在垃圾箱旁抽菸的身影。有說荃灣總站在繁忙時段人流可達一萬人，他們是罕有的能在天橋上找到駐足點的常客；管他日出日落，身旁擦過一千人還是一萬人。菸民這種於橋上的活動被稱作「打邊爐」[1]，但事實上打邊爐很少單獨一人，即使是快餐店流行的「一人一煲」，沒有三五知己也至少有二人撐檯腳，跟在橋上抽菸的獨腳戲並不盡然相同。而且那些在橋上抽菸的人大都臉色緊繃，手臂來回將菸遞送到嘴裡的速度極為爽快，好些人在最後幾口更以連續吸食的姿態匆忙地完事，快快拋棄那還有幾分價值的菸屁股便匆匆離去，被形容作打邊爐，只是虛有形態吧。

再向天橋走近一點，便會有免費報紙及宣傳單張飛舞於眼前，掛著不同頭條的報紙及速銷廣告的單張會在你面前逐一揚開，有如扇子舞舞者一字排列將羽扇輪流翻起，隨即又有如骨牌連環倒下般壯觀。不對不對，扇子舞是專業的藝術，也可以是百姓的健身舞；骨牌比賽則講求精細，能鍛鍊體力，磨練意志以促進人與人的合作精神，更辦有國際比賽，怎能相提並論？事實上派報的人為了謀生而在擠迫的橋上不斷重複那些不討好的動作，他們揮動的手間或會碰到走過的人（更多時當然是他們被人撞到），而途人即使有助人之心但明知道紙張必定會成為垃圾而心中響起「不環保」的聲音以致極力壓制著想遞出去的手，這對於派發者或途人而言都難免尷尬。

1 編註：原指守在爐邊涮食物，吃火鍋。此指獨自抽菸的人像在吃火鍋涮肉那樣左右晃動。有走來走去之意。

有一婦人正想過橋，但似乎在猶豫著。她的腳突然被撞了一下，連同她推著的手推車也搖晃了一下，手袋裡的東西跌滿一地；喝了一半的奶、斑點滿布的口水肩、幾條不同顏色相信有不同作用的手帕、粉身碎骨的餅乾、滿布牙齒痕的膠匙。彷彿將小孩幼嫩的一生都抖了出來。婦人執拾的速度很慢，但卻滿臉通紅，氣喘程度跟執拾動作並不配合。沒有路過的人會伸手幫忙嗎？太平常了吧，在香港，婦人推著手推車這回事，有什麼好幫忙的？車上那歪著的臉蛋繼續熟睡。婦人整頓一下身子，便拿著出比孩子的臉還要大的手提電話，先按幾按某個遊戲的按鈕，然後才接通某人說：「地鐵站那條樓梯幾十級真係行死人！西樓角路落車嘛，無行人過路燈，無斑馬線又無電梯，我一個人抬阿B同架手推車上去，好激囉……你地響圖書館？邊度呀？走過天橋就係？有幾條天橋四通八達你講緊邊條呀？」婦人邊聽電話另一邊的指示一邊伸頸張望，眉頭猛皺，只見四面人頭湧湧，馬上將手推車的帳篷「噗」一聲蓋上，身子彎向前作勢要保護安睡中的公主或王子，免其受到任何傷害。也許婦人並不需要別人的幫忙，母親的力量實在是強大。

橫跨西樓角路的天橋雖短，但並不易走。人流方向的指示早已劃好，聰明的人，如帶著孩子的婦人，如無特別的理由便應按照指示，順著人們的步速快快走過。對啊，有什麼慢下來的理由呢？難道要細看橋上的風景嗎？橋上的景象又倒不是只有疾步走過的人的，除了剛才提到的「打邊爐」外，還有一些不知虛實的在討吃的人，他們或坐或躺，時而形態扭曲。有說他們是假扮的，身體的腐朽只是化妝技巧；有說他們背後被集團操控，如有孩子一併的，更可能是被拐的孩子，或在街上拾回來的孤兒，千萬不要給他們錢。

無論圖畫的底蘊如何，畫中的都是可憐人。

婦人終於過了橋，經過了南豐中心二樓平台那色調陰沉、充滿著小食及巴士路線牌的走廊後，到達了位於青山公路及西樓角路之間的荃灣政府合署。因經由天橋進入，入內已是三樓了。可是三樓並不能直接進入圖書館，想要進入圖書館的話是必經由電梯到達四樓，才會見到正式的入口。而五樓是成人圖書部，左面是中文藏書，由於空氣流通不佳而需要掛牆風扇熱烈地幫忙減溫，高高的書櫃一排排充塞著有限的空間，兩旁的椅子總被坐得滿滿。如想較清涼安靜的話，右面的英文部是個不錯的選擇。而走到英文部的盡頭便會看到塵封了的古典英文書，再向窗外看，便又會重新看到剛才的天橋了。

慢著！有人忍不住要問了，怎麼變成了對圖書館的描寫？是不是離題了？到底這篇文章的主題是關於「街道」、「天橋」還是「圖書館」？只是，荃灣圖書館的特別之處是它位於西樓角路，但人卻很難由西樓角路走進去，附近的馬路只全力協助車輛能快速經過，並沒有設置行人交通燈，不論青山公路、大河道，或是西樓角路那邊皆如是。想進入圖書館的方法最好經由天橋。圖書館依靠著天橋而存在。而圖書館的英文部，剛才已提到了，乃面向荃灣地鐵總站，剛好看到西樓角路南豐中心一段，一直到站的另一邊。從上而下觀看這段路，情況又有了不同。因為角度關係，天橋的上蓋遮去了橋上大部分黑壓壓的人頭，只看到急匆匆的腿。亦因高度關係，可以看到更遠的風景——更多更長接駁得更無縫的天橋，一直延伸開去，而被地鐵站騎著的西樓角路，是那樣的冷清、灰黑，長年吃著汽車噴出來的廢氣，而欠缺關注。二十多年前曾經有露宿者能在那裡找到一個頗為舒適的角落，與西樓角路相依。後來露宿者當然是被趕走了。而沿著西樓角路再向東走，便會到達荃灣港鐵會所，及因發展地鐵而被遺留下來供遊人憑弔荃灣歷史的三棟屋博物館。

原本住了無數居民的西樓角路因荃灣地鐵的關係被清空了，從此行人被移上了半空，新舊不一的天橋像多隻八爪魚團結起來，連接起荃灣市中心差不多二十個商場。很多荃灣人經由地鐵上班下班，雙腳完全不用走在街道上，下雨也不用帶雨傘。西樓角路對現在的人來說大概只是個通訊地址或巴士站名字，無名的天橋比有名字有歷史的街道更實在、更有用，街道失去原有的讓人流連的功能，失去應有的載人載物的意義。而原來荃灣圖書館的地址並不在這裡，而是在對面青山公路福來邨永康樓的地面，正門直接跟街道連接，一級樓梯也沒有。

素服冷眼必嘉街

黃潤宇

三年前，我們在必嘉街尾租了一套房子，兩房一廳，不太貴的。房間特別小，剛好各自容下一個怪人；客廳卻很大，尚無家具時我們曾邀請朋友來參觀，都說這兒大得足夠辦個讀書會，每逢周末就邀請朋友來煮飯談天。廳裡放的書，大都是走西闖北的朋友們留下的，友情供給層出不窮，有些應承[1]了看完就還，至今卻仍在新屋架上待著。

房子樓下是殯葬社，好像還跟大廈共用一個名字——長樂，聽起來非常安詳的樣子。整條街的大廈全都取了類近的名字，興隆還是發財，都自以為可消解四周亂飛的魂魄，究竟無效。我常在午夜回家，經過機利士南路、黃埔街、曲街，離家愈近的時候，愈感到四周密密匝匝的聲音作梗。有時故意繞遠，從街的另一邊拐入，經過不成形的公園時，總有幾個老人斜斜倚著長凳，睡深了。

但更多的時候，我們一早就從鳥籠似的天井間逃出來，從必嘉街到曲街，再到公車站。這一路上總有新鮮得刺鼻的百合花香氣，本不寬敞的人行道都給澆花的自來水打濕了。每天都有兩三架的長尾巴車停在街口，車頭上打著不同的名號，跟X光切片似的，速速換一張，就是下一個了。我每出門都想多看一會兒的卻不是這些，而是店裡垂放著、林立著、新新舊舊的棺木。學琴的緣故，老早就在琴行裡聽人販賣各種木頭——差的紅木，好的楠木，再好的就是白玉了，但白玉在揚州，我沒見過。我從小彈的那支箏是很差的，大概是最便宜的木頭，很容易就把聲音都吃光了。但它的琴沿上粗糙寫著：「二十四橋明月夜，玉人何處教吹簫」，這又不忍心轉賣了，因練琴練到無神時，總還有點什麼可

1 編註：指答應。

看可想的。加上琴頭上一幅就快裂開的小畫，真有個小小的人站在橋上——這何處就是此處吧？可明明草木已凋的秋天，為什麼畫上還有搖搖蕩蕩的芒草呢？大概是畫工弄錯了，或者是我記錯了。

還是回頭說說樓下的棺材。這些棺木和琴木其實相差無幾，劣質的有人睡著，高級的也有人在用，紅木楠木柏木，還見過一個鋼琴模樣的，一定也有人彈了一輩子鋼琴，最後一覺乾脆睡在琴盒子裡，想想也不賴。余秀華有句詩：「月光把一切白的事物都照黑了……如一副棺材橫在她的身體裡。」到了一個地步他們就互相橫陳、一起枯朽了，再想想那無聊小孩對著無聊琴木之狀，似乎與此也相差無幾。

日日夜夜對著這些有人服侍的棺材，和（很可能存在的）一群無人理會的阿飄，自己也變得神經質起來。同住的大湖可能是首當其衝的受害者。有段時間我們在家幾乎沒話講了，各自窩在房裡看書，偶爾她邀請朋友作客，長聊到了深夜，房子裡終於有了點生氣，但我不知怎麼就毛毛躁躁衝出門去，衝向街外，以示不滿，現在想來也真夠不可理喻。可大湖是個好脾氣的女孩，某天晚上我們講開了，她便開始簌簌落落地哭，說這裡只有天井沒有太陽光，每天回家又是互板臉孔、一聲不吭的氣場，早就受夠了，多想早早地搬出去！可我卻不太想走，彷彿是讓環境給同質了，陰森森又傻愣愣，好像在這樣的氣氛下——冷場、互不相干、大量污濁、七零八落——也是值得生活下去的一種方法。

毛毛躁躁衝出去的那天晚上，我繞著這些街路來回走了好多次，自覺形容虛偽了起來，始終拉不下臉再回去。那天有兩個黑衣人貓身在街口拍片子，背景是「萬國殯儀館」，黿夜裡亮著慘白的燈。躲在背後看他們，忽然想起剛搬來時，大湖緊張地說她看到殯儀館上有厚厚的黑霧，隨著風向不斷增生，我心想現在的焚化爐外還是一捧火嗎？不早該變成綠色無煙新能源之類？可事實上，那捧火依然是燒著的，而且愈燒愈旺，隔天素服而來的人，也只會愈來愈多。

那團黑霧就一直籠罩著我們整年的生活，並不因自身起伏而此消彼長。多數時候，我應該就是那捧生產黑霧的火焰本身，不停地招著別人的怨意和苦惱，而不自覺地愈演愈烈，但好在沒有因為那副棺木比較沉重，而變得抑揚變得不堪。

因此偶然又回紅磡時，那些等在街口的冷眼就變得格外冷。不過不要緊，我們從外鄉來的人，總有種可變又不可變的表情，對著木頭也像對著人，而一旦真的有人來了，又會像看木頭一樣看著他。大概要從這條路穿行過的，木頭和人，都有差不多的際遇吧。這一種生活並不需求鮮亮和光猛，只要冷冷一眼，一眼就足以戳穿焰火背後，漸漸結凍的土壤。

電氣道

曾詠聰

我是過海上班的人。每天微光時分便下地道，再自車站爬回鬧市，那時天已全亮，就似在不足一小時的車程裡，從一個寸草不生的荒鎮，來到一個截然不同的繁華鬧市。但這鬧市不是科幻片中滿有懸浮的交通工具、光鮮明亮的高樓，炮台山的電氣道，有的只是一幢幢快將塌下的危樓，以及串連港島脈絡的舊時代電車。

生於我這一輩的人，總在新舊之間喘不過氣。舊的景物好像與我們無關，新的計畫又沒有把我們規畫在內，但倘若有人要將舊物拆毀，我們這些無權無勢的新人類，卻偏要執拗，偏要保留，但然後呢？上星期我為學生講解一道小組討論題目，替他們劃分「保全舊古蹟」，以及「發展新社會」的利害，我努力維持客觀平衡，可一想到在上班途上，穿過電氣道的大街小巷，一個個從睡床裡烤焗出來的臉容，他們在發展歷史中靜靜走過，過馬路，購早餐，遵從十數年來一致的步伐，回到公司，坐下，然後是工作，關燈，離開，再然後是床。他們好像沒有一個整體的意象，又好像早就被歸納成一個不容分割的大意象。保全古蹟、發展社會，在這一條緩行的電氣道，根本沒有任何或微小、或宏大的意義。

最微小卻又宏大的意象，莫過於小巷裡的流浪漢。好些舊樓和舊樓的狹小距離，睡著幾個用帆布床或舊物堆疊成床的男人。那些城市的距離，連Google Map的專車也拍不到，更莫說一個趕路的人願意停下來，感悟一下他們所居住的囚城。現實是沒有好撒馬利亞人的，或者應該說，平常日子沒有空閒時間的好心人，一眾上班族只會像電子遊戲一樣，用身體扭過一張又一張的障礙物，他們的睡相，甚或早餐的搭配，都及不上今天經濟的波幅，他們或許是從財經報紙的跌勢跌出來的，但上班族著眼的是數字，而不是現實。

每天上班，我都會攀上天橋，走到電氣道街市旁，轉入樓梯落下。轉彎位置一角，長久睡著一個流浪漢。他用幾張木椅拼湊成一張床，在上面鋪上棉被、枕頭，無聲無息地在向海的一方睡著。夏天他會把棉被擋住半邊臉，阻止日照曬乾自己的夢；冬天他會捲起肢體，像一件藏在法寶袋的小法寶，等待別人使用的一天。其實我沒法肯定他到底是不是流浪漢，棉被、枕頭全都看似乾淨且替換過的，或許他懷著老一輩的乘涼心態，信任舊城市、信任舊港人，在每晚深夜時分，抱著家裡的枕頭和棉被，穿過早上喧鬧的街道，伴隨電視聲浪和鄰舍爭吵，一睡就睡了三十餘年。

在電氣道紮根數十年的，還有一幢舊街市。每次走過街市大門，內裡的燒味師傅已忙著張羅，一隻隻燒脆豬躺在手推車，聽著車後的師傅一邊咬住菸屁股，一邊哼著老歌旋律。師傅有時忘記了幾句歌詞，便用語氣詞蒙混過關。空蕩蕩的街市，沒有人會怪責他杜撰曲詞，大門外的報販急於打盹，一份份報章雜誌像日子般在木板上寄賣，下雨天只需加固一塊透明膠，又可傾聽雨聲繼續往前傾斜，再傾斜。

有時我會想，街市的人都住在哪裡？港島區樓價高企，面海一方更是天價入場，販賣勞力和努力如他們，決不能在附近屋簷占一席位。每天天未亮的時候，他們回到自己崗位，推著燒豬、報紙趕路，為醒來或還未醒來的人，建構一場大舞台劇的背景，叮叮噹噹、咿咿啊啊，那些在電氣道中不可或缺，又常被忽略的背景音效，他們的樂器到底收藏在哪裡？他們在夜裡到底回到哪裡？他們最後又想去到哪裡？

而我又想到哪裡去？一個新入職教師，薪酬在同齡間已屬中上等，但要在這裡置業，卻又是一件難成的事。我越過一眾舊港人，橫過千萬樓價的舊屋苑，總不能釐清舊古蹟和新社會的概念。我是那種不能狠心捨棄舊物的人，但那些舊物在我是有情的。看著這條我只走了一個學期的長街，仍未熟練的招呼、偷偷抬價的早餐、一雙雙陌生但又每天相見的眼眸，我在哪裡？我又想到哪裡去？

回到學校，學校中央長著一棵大榕樹，據說背海的校舍原是公園，容讓囚城的居民來這裡伸展。對了，附近全是住宅和舊屋，為什麼就不見晨運客？三個月來我一直在這裡徘徊，卻從未遇見一個圍繞電氣道緩跑的人。但更奇怪的是，好幾次在我下班時候，天已黑透，一個佝僂的矮小老人騎著單車，闖進校舍，沿著大榕樹繞圈。剛來這裡執教，我好奇地詢問同事有關老人來歷，他們支支吾吾，推測他是慣常在公園運動的人，校舍興建完成後，回來繼續完成使命，風雨不改，阻止也阻止不了。

現在我每次簽名離開，總會張望四周，有時會碰見他，有時會碰不見他。但每天不變的是，電車仍在外緣行駛，行人在床和工作地點來往，一列木椅排好，置在面海的一方，等待的是一張棉被，一個枕頭，和一個季節不同的太陽。

隧道

蘇朗欣

我在十七歲那年發生了兩件事。第一、轉校；第二、習慣了去電影中心看戲。

當時我在油麻地某間私立學校讀書，上學時間極具彈性，有時一天中間夾著四小時的天地堂，那樣的一大段空白，唯有去電影中心看戲。作為一個蒼白、寡言又卑微的人，我一直感覺人生是走在隧道裡頭，沒有燈，無論前方或是後路都是一片幽影，你只能不斷向前走，除了走路不曉得還有什麼可以做，煩悶無聊，並且無處發洩。戲院正好是可以容納種種情緒的地方。兩個小時的黑暗裡，我沒有我自己。世上只剩下一個發光的銀幕，我想，反正坐在席間，我可以任性地想，想完又回去讀書。反反覆覆，兩點一線的旅程。

我不記得那一年看過幾多場戲，只知道每次都是奔跑著來又奔跑著去，趕在遲到之前回到學校，沿上海街在油麻地兩端往復不停。儘管趕忙，我仍然樂於觀察路邊風景：刀莊、棺材鋪、茶餐廳、佛像專賣店、垃圾收集站。九唔搭八[1]。原本我恨這裡的髒亂，但後來就習慣了。「九唔搭八」從來都是生活的一部分，上海街（以及無數老街道）只是將它具現出來而已。

往佐敦方向走，越過電影中心，是油麻地公共圖書館。天黑以後，它真正精采的一面才會登場。中六那年我每日在自修室溫習。只要習慣了用試卷填塞體內的空洞，就不會覺得累，連飢餓都顯得渺小。終於餓了才想起要回家，下樓出門一看，赫然發現一整座市政大樓被性玩具和睇相佬[2]包圍。自修室裡每一個為未來費勁的青少年，圖書館裡每一本得過諾貝爾文學獎的名著，都被命運和性包圍。

1　編註：指事情之間毫無關聯。
2　編註：指相士。

升讀大學之後我仍然喜歡去電影中心看戲。天地堂總是有的，我便搭地鐵越過幾個站的距離去油麻地看電影，這時的我已經不會為亂扔在街邊的廚餘或是圖書館旁邊的檔攤感到錯愕，我來就是看電影，如此罷了，尤其喜歡追蹤電影節的日程、特別放映的上映時間，我在行事曆寫上林林總總的戲名，它們和試卷一樣，都是用來填補自己的工具。

我已經非常熟悉電影中心四間劇院的格局，記得Kubrick一杯咖啡賣幾錢，也知道戲院外的所有綠色垃圾筒都不設菸灰缸。知道中學時常去那間賣十六蚊牛腩麵的茶餐廳已經結業，知道這幾年開了外賣壽司店和肥波燒餅——知道了許多事情，但我的情緒沒有因而緩和。也許成長本身就是一孔創口，隨著年紀增長會逐漸擴大，血會繼續流，直到死去為止。

隱隱作痛的生命。

除了無聊，我找不到別的字眼去描述自己的狀態。它不算是痛苦，因為有人比我更痛苦，像我的母親；也不算是躁狂，因為有人比我更躁狂，像我的父親。無聊是最貼合，最親切的形容了。

不想再一個人看電影時，我讓別人來陪我。二十三歲的夏天，我和她去電影中心看戲，完場後兩個人坐在戲院外的籬笆前聊天。我像一個必須定時服藥的病人一樣不斷抽菸，菸霧瀰漫，全部吹到她的身上。我們從下午三點一直坐到入黑，看電影的人來來去去，我猜度那些人是來看哪齣戲呢，是今天晚上的特別放映嗎，還是最近荷里活大片的首映。每一齣我都想看，用一天躲在關上燈光的戲院，讓所有時間都被扭曲成一串長鏡頭。

我跟她說下次一起去看×××吧。

我們最後沒有去看那場戲。也許我和別人去看了，或是我一個人看完了，或是那場戲根本沒有上映過，我不記得了。記憶像一池無底的湖，不論如何翻攪都掀不起一點波瀾。甚至我開始質疑回憶的問題：我到底是從什麼時候開始習慣去電影中心看戲的？然後終於想起來，十五歲的時候第一次知道電影中心，是有個男生帶我去的，他住馬鞍山但唯獨喜歡這裡安靜、人少，如果沒有記錯，我和他去看的是福爾摩斯。

但我怎麼可以確定沒有記錯？

如果隧道前後都是那麼寂寥，我怎麼還記得自己曾經和誰一起走入戲院，又是怎樣一個人走出來的呢？

不管往哪個方向張望，都只能望到黑暗。

因此，唯一可以確認的是，現在我身邊沒有任何人。

上斜落斜[1]

蘇偉柟

從中環中心開始走長命斜。穿過重重排檔陣，小心不被濕貨檔魚檔肉檔流出的血水滑倒，飽嘗梯間小廟香火，抵受竹蔗汁陣陣誘惑香味，再走一段難度十級倍增的長命斜，便是這段路的唯一排檔。它瑟縮天橋底，很久沒看過它開門……

走到這裡，其實已到堅道——貧與富分水嶺（今時今日，這種界線仍壁壘分明），一直西行至三岔口，有一棵石牆樹，是很大很大很壯很壯的那種。年

1 編註：指上坡下坡。

過半百，也要住「劏牆」[2]……

這是我與母親往返文武廟的必經路線。到文武廟拜祭、求神庇佑永遠最重要，但所占時間往往最少：她往往花掉餘下時間帶我走遍一街一巷，等待哪一刻記憶重臨，一段段永不記進歷史但令這地方更可愛更親近的故事便從她口中道出。每次走的路大同小異，但我仍未生厭，也許是內容不同但永不矛盾，才顯得可信。

那天如常離開文武廟，打算走到山腰吃英式早餐，走到店前才發現門庭若市，我們只好繞道鴨巴甸街，光顧另一間。難得座位非常貼近馬路，邊飽覽地盤邊吃午餐。我記得她提過曾在這裡生活。「係啊，前警察宿舍，放學時，總同你舅父阿姨走去城皇街果邊等小販賣零食。舊時細粒[3]，兩隻手，甚至半個人頭都伸到出去買啄啄糖[4]，太婆又唔畀[5]我地離開宿舍範圍，唯有係咁……」一架的士一閃即逝，途中響了數次號，明顯比時速五十公里快。「有次畀完錢，撞正走鬼[6]，眼白白睇住小販走人，你舅父一時心急，畀鐵欄卡住，笑到我地肚痛囉。」關於城皇街，她上次說的故事是離荷里活道92號不遠處兩街交界，有一士多。「老細個仔，由我細個叫哥哥，到大了變成阿叔都重開檔，賣貨夠明碼實價，唔呃稱[7]！」我清楚記得母親還會拖我的手時，那士多門前還有一麻雀櫃；上了大學，那士多消失了，但八乘四塊地磚與不足五米高的一片黃牆顯得分外淺色，清清楚楚告訴每一個人，它曾存在過。後來發現這街難得保存三塊鐵製T字形路牌，已是後來的事。

餐廳播著Gotan Project的Santa Maria（Del Buen Ayre），與附近一帶平均

---

2 編註：這裡借「劏房」的窄小義，指石牆樹樹枝只有很小的空間生長。
3 編註：這裡指個子小。
4 編註：用芝麻與薑混合而製成的麥芽糖。
5 編註：指不允許。
6 編註：指流動小販違法擺賣時，為逃避執法人員抓捕而互相通報、推車飛奔逃脫的暗語。
7 編註：「呃稱」，或「呃秤」，指做買賣時缺斤短兩。

五層高唐樓混合，有點怪形怪相。「係唔夾[8]架，但你睇宿舍都話要改裝，重要改到中間有條通道連接，但唔通一直荒廢，甚至拆曬再起過咩，幢嘢咁硬淨；我同你家陣夠食brunch，以前白粥油炸鬼就一餐架啦。」她呷了一口橙汁。「得啦得啦你話細個毫半子兩個菠蘿包，我聽到識背！」地盤中的大樹等待綻放新的綠芽。母親往往很容易從童年一下子跳接至高中寄人籬下，被繼祖母逼迫吃雞屁股，祖父竟默不作聲的不快回憶。也許是眼前這一盤雞觸發了弱點。聽到身後偶爾擤了一下，抽紙巾的聲音，也不好看過去，就隨眼淚自己流乾。

「呀唔記得你話細個住荷里活道幾多號話？」「92號，正話一離開文武廟指咗畀你睇啦，小學都係響[9]對面讀，成個生活圈都響處。而家雖則五層高，但都係新起，舊時係住木屋，一打風，就嗚嗚聲，咪話[10]唔驚！可惜呀，要收樓，唔係就一直住響度。」現在的荷里活道，不是成行成市的畫廊、酒店、酒吧、西餐，便是荷里活華庭一類天價豪宅，文武廟以西那些古玩店則多年不變。「堅道落山就係貧民區，唔係鬼有太平山街洗太平地果段歷史！但你睇而家高檔到……」假如生活離不開這裡，一直在荷里活道92號，她不敢想現在的生活該是如何，畢竟已成過去。母親還有一種莫名的堅持：搬到九龍二十多年，她仍堅持買雲吞皮，一定到這裡。「九龍醬園梗係唔少得！這裡就買燈籠，唔係邊買到金魚燈籠畀你？」電視常常重播《千杯不醉》，母親不止一次在電視前大叫「嗳同楊千嬅搭訕果個演員，是你阿婆舊時街坊。佢應該仲住響附近？唔知道下次路過還能不能遇見她呢？」我相信這個發現，她記得自己提起不止一次。

當然，每次走上長命斜，遇上的每一位老街坊，總沒有她，可能遇不上她下樓走動，也有更多可能。

「咁你成日提起中學果間威記呢？（註：威靈頓書院）都唔見你帶我行

8 編註：意指配合，這裡指風格不配。
9 編註：指「在」。
10 編註：別說。

下？」「威記？咪響堅道天橋隔籬囉！拆了變住屋啦！」我恍然大悟：之前發現山腰有好吃的英式早餐，有天提議帶母親去，她沒說過走那麼多斜路，還走得那麼近半山「很辛苦」；好幾次離開文武廟，她總堅持「去食brunch囉」但飯後終點便是直抵山腳中環中心，乘巴士離開。那座瑟縮天橋底的排檔，對路人來說，彷彿一直是一塊裝飾。關於那排檔的新聞發布不久，我路過天橋，發現檔上已貼有「感謝各位多年鼎力支持，安息禮已於×月×日舉行」字樣。那天天色陰沉，點點雨粉緩緩濡濕兩束一紫一黃菊花。三把雨傘柄朝外，擱在檔頂鐵皮下，緊緊鈎著陰天。不久後，住「剷牆」那數棵樹無故消失帶來的連串風波，比排檔悄悄謝幕的漣漪，更叫人感傷。

十年樹木，百年樹人。

縱使我必須忍受每次上落斜帶來的磨練，但多聽一段故事，便多朝一次聖。我理應記得何伯離世前，曾無意識地進出早餐店時看過排檔那邊一眼；我理應記得下次問母親，關於橋底排檔的一點一滴。我心愛的，卑利街。

作者簡介（依文章順序排列）

房慧真

曾任職於《壹週刊》、非營利媒體《報導者》。著有散文集《單向街》、《小塵埃》、《河流》；人物訪談《像我這樣的一個記者》；報導文學《煙囪之島：我們與石化共存的兩萬個日子》（合著）。

胡晴舫

出生於台北，台大外文系畢業，美國威斯康辛大學戲劇學碩士。住過北京、上海、東京、紐約以及巴黎等九座城市，寫作觸及全球文化現象，觀察大城市生活，直陳人類生命的本質，著有《群島》、《旅人》、《機械時代》、《她》、《濫情者》、《辦公室》、《人間喜劇》、《我這一代人》、《城市的憂鬱》、《第三人》、《懸浮》、《無名者》等。曾任台灣文化內容策進院院長。

袁紹珊

出生及成長於澳門。北京大學中文及藝術學雙學士、多倫多大學東亞及亞太研究雙碩士。曾獲「美國亨利・魯斯基金會華語詩歌獎」、「時報文學獎詩歌首獎」、「首屆人民文學之星詩歌大獎」、「澳門文學獎」等十多個獎項。曾任「北極圈藝術計畫」及美國佛蒙特創作中心駐村詩人，曾應邀出席紐約、葡萄牙、馬來西亞、台港等多個國際詩歌節，擔任澳門首部本土室內歌劇《香山夢梅》作詞人。已出版《愛的進化史》、《Wonderland》、《太平盛世的形上流亡》等多部詩集及雜文集《喧鬧的島嶼——台港澳三地文化隨筆》、《拱廊與靈光——澳門的120個美好角落》。

黃愛華

生於二月香港，現暫居德國，偏愛熊與魚。兩度獲得香港青年文學獎（小說組）獎項，香港中文大學新聞與傳播學院畢業。小說、評論及詩作散見於《明報》世紀版、《字花》等報章雜誌。《從前，有個香港》譯者，首本著作為《城市的長頸鹿》。

游靜

著有詩集《不可能的家》、《大毛蛋》；文集《另起爐灶》、《裙拉褲甩》；評論集《性政治》、《性／別光影：香港電影中的性與性別文化研究》等。詳見：www.yauching.com

楊彩杰

Sabrina Yeung，文學評論人及研究者。喜歡文學以及一切帶來美感的事物，希望香港安好，好人一生平安。

廖偉棠

香港詩人、作家、攝影家，現旅居台灣。曾獲香港中文文學雙年獎、台灣中國時報文學獎、聯合報文學獎等，香港藝術發展獎二〇一二年度最佳藝術家（文學）。曾出版詩集《和幽靈一起的香港漫遊》、《野蠻夜歌》、《八尺雪意》、《半簿鬼語》、《春盞》、《櫻桃與金剛》、《一切閃耀都不會熄滅》等十餘種；小說集《十八條小巷的戰爭遊戲》；散文集《衣錦夜行》、《有情枝》；評論集《遊目記》、《異托邦指南》系列；攝影集《孤獨的中國》、《巴黎無題劇照》、《尋找倉央嘉措》、《我城風流》。

駱以軍

台灣作家，文化大學中文系文藝創作組、國立藝術學院戲劇研究所畢業。

著有《西夏旅館》、《妻夢狗》、《降生十二星座》、《我們》、《臉之書》、《棄的故事》、《胡人說書》等長短篇小說、詩、散文著作。作品曾獲第三屆紅樓夢獎首獎、台灣文學獎長篇小說金典獎等。

鄒頌華

香港大學法律系學士及香港中文大學翻譯系文學碩士。二〇〇六年開始全職寫作，作品包括《從絲路的盡頭，開始》、Lonely Planet系列的《Hong Kong》、《China》、《Taiwan》等。二〇一三年與志同道合的朋友成立文化旅遊組織「活現香港」，深信在我城走尋常路也可處處發現驚喜。

甄拔濤

立足香港及德國劇場。香港藝術發展局文學藝術範疇民選委員及文學委員會主席。英文劇本《未來簡史》獲二〇一六德國柏林戲劇節劇本市集獎，為首位華人得此殊榮，並於二〇一六年香港新視野藝術節作世界首演，二〇二〇及二〇二一年將分別由德國薩爾布魯根邦立劇院和呂北克室內劇院製作德語版本。中文劇本《灼眼的白晨》獲第八屆香港小劇場獎最佳劇本。

盧燕珊

a teleporter，香港文字及影像工作者。

李智良

著有詩／小說集《白瓷》、散文集《房間》、短篇小說集《渡日若渡海》、攝影誌《海邊草更藍》。曾獲香港書獎、香港中文文學雙年獎，於二〇一三年獲邀參加美國愛荷華大學「國際寫作計畫」。近年於香港浸會大學及香港中文大學兼教創意寫作，及電影、文學相關課程。

言叔夏

台灣作家，任教於東海大學，著有散文集《白馬走過天亮》、《沒有的生活》。

沐羽

現居台灣，香港文學館媒體《虛詞》編輯，國立清華大學台灣文學研究所就讀中。曾獲中文文學創作獎、台北文學獎、中興湖文學獎等。

洪昊賢

一九九三年生。現時留學台灣。香港浸會大學創意及專業寫作文學士，國立清華大學台灣文學研究所碩士生。曾獲第四十屆台灣時報文學獎影視小說組首獎，二〇二〇年香港中文文學創作獎小說組第二名。作品散見香港及台灣的文學雜誌及報章。

寂然

澳門作家，曾出版小說集《有發生過》、《月黑風高》、《撫摸》、《救命》，散文集《青春殘酷物語》、《閱讀，無以名狀》等。

惟得

散文及小說作者，也從事翻譯，現居加拿大。著有短篇小說集《請坐》及《亦蜿蜒》；散文集《字的華爾滋》及《或序或散成圖》；電影散文集《戲謔麥加芬》；遊記《路從書上起》。

黃麗群

一九七九年生於台北，曾獲時報文學獎、聯合報文學獎、林榮三文學獎、金鼎獎等。著有散文集《背後歌》、《感覺有點奢侈的事》、《我與貍奴不出門》，小說集《海邊的房間》，採訪傳記作品《寂境：看見郭英聲》等。現任職媒體。

楊佳嫻

台灣高雄人，作家、詩人。國立政治大學中文系學士，國立台灣大學中文所碩士，國立台灣大學中文所博士，現為國立清華大學中文系副教授。

楊天帥

街市路邊攤三元一隻的白色飯殼。曾經在香港的中文大學和日本的東京藝術大學讀書。小說作者、傳媒工作者。

騷夏

一九七八年出生於高雄，東華大學創作與英語文學研究所畢。擷取《離騷》之「騷」與出生於「夏」之意，筆名騷夏。曾獲吳濁流詩獎、台北書展大獎，出版作品有詩集《瀕危動物》、《橘書》，散文集《上不了的諾亞方舟》。

李儀

在中國山區義教十多年，著有《香港老師和瑤山少年打造夢想實錄》之〈小桃樹的藍布鞋〉和〈遊夢中國〉，並和學生合作完成紀錄片《瑤山少年》。香港大學社會科學系畢業，曾獲中文文學創作獎，關注香港的自然風物和人情，並把深情化為文字。

李顥謙

九〇後詩人，曾獲青年文學獎獎項，作品散見於《字花》、《虛詞．無形》、《聲韻詩刊》等。現為大學助理、寫作班導師，香港電台社區參與廣播節目《香港文學十三邀》主持之一，二〇二一年起修讀香港中文大學中國語言及文學系文學碩士課程。

黃裕邦

詩人。作品Crevasse奪二〇一六年Lambda Literary Awards男同志詩歌組別首獎，中譯為《天裂》。二〇一七年榮獲香港藝術發展獎藝術新秀獎（文學藝術），二〇一八年獲Australian Book Review Peter Porter Poetry Prize。英文詩集《Besiege Me》（Noemi Press）於二〇二一年出版。

馮敬恩

香港大學文學士，倫敦大學亞非學院中國政治碩士。

王樂儀

詞人、阿姆斯特丹大學文化分析學院博士候選人。寫過小說、散文及詩。人太貪心，藝多不精。

袁嘉蔚

香港城市大學中文系畢業。人生好難，至於親人別離、社會吃人、關係變宕常有，擁抱自身脆弱是門練習，文字總能打開每個不安窗戶，讓孤獨安然存下。曾任香港眾志副主席，二〇一九年當選香港南區區議員，並於二〇二〇年參與香港立法會選舉民主派香港島區初選。

陳偉森

無可救藥的懷舊青年，沒有旅行的本錢，閒時浪遊香港各區，在空白的地圖上填補記憶。

黃大徽

舞蹈／劇場創作人。現居九龍城。

黃敏華

荃灣人。嶺南大學翻譯學士，中文大學文化研究碩士。獲第二十四屆青年文學獎小說組亞軍，著有小說《給我一道裂縫》（二〇二一）、《見字請回家》（二〇〇八）。曾任記者、編輯、寫作計畫導師。現居加拿大，全職但無業。

黃潤宇

青年詩人、寫作者，畢業於香港浸會大學創意與專業寫作系，現為國立政治大學中文系研究生，作品多見於《明報》、《字花》、《無形》、「虛詞」等平台。

曾詠聰

九〇年十月生於香港，煩惱詩社創社成員。曾獲中文文學創作奬、大學文學獎、青年文學獎等詩組冠軍。著有詩集《戒和同修》。

蘇朗欣

香港浸會大學中文系畢業，目前留學台灣，就讀東華大學華文所創作組。二〇二〇年出版中篇小說《水葬》。

蘇偉柟

土生土長香港人，最愛到處留情——與街貓。

我香港，我街道 2：全球華人作家齊寫香港

主編　香港文學館

副社長　陳瀅如
責任編輯　陳瓊如（初版）
行銷企畫　陳雅雯、趙鴻祐
封面設計　莊謹銘
封面插畫　莊璇
內頁排版　宸遠彩藝
印刷　呈靖印刷股份有限公司

出版　木馬文化事業股份有限公司
發行　遠足文化事業股份有限公司（讀書共和國出版集團）
地址　231023 新北市新店區民權路 108 之 4 號 8 樓
電話　02-2218-1417
傳真　02-8667-1065
客服信箱　service@bookrep.com.tw
客服專線　0800-221-029
郵撥帳號　19588272 木馬文化事業股份有限公司
法律顧問　華洋法律事務所　蘇文生律師

初版一刷　2021 年 4 月
初版六刷　2024 年 1 月
定價　NT$350

ISBN　9789863598824（紙本）
9789863598893（PDF）
9789863598886（EPUB）

國家圖書館出版品預行編目

我香港，我街道 2：全球華人作家齊寫香港 ／香港文學館主編 . -- 初版 . -- 新北市 : 木馬文化出版 : 遠足文化發行 , 2021.04
288 面 ; 14.8×21 公分
ISBN 978-986-359-882-4（平裝）

855　110003180